李星·毁灭

魏敏杰 ◎ 著

中国民族文化出版社

北京

图书在版编目（CIP）数据

孪星.毁灭/魏敏杰著.--北京：中国民族文化出版社有限公司,2023.8
ISBN 978-7-5122-1729-4

Ⅰ.①孪… Ⅱ.①魏… Ⅲ.①幻想小说－中国－当代 Ⅳ.①I247.5

中国国家版本馆CIP数据核字(2023)第121121号

孪星·毁灭
LUANXING HUIMIE

作　　者	魏敏杰	责任编辑	江　泉
责任校对	李文学	装帧设计	姚　宇

出 版 者　中国民族文化出版社　地址：北京市东城区和平里北街14号
　　　　　邮编：100013　联系电话：010-84250639　64211754（传真）
印　　刷　襄阳金彩天彩印广告有限公司
开　　本　710mm×1000mm　1/32
印　　张　7.25
字　　数　158千
版　　次　2024年1月第1版第1次印刷
标准书号　ISBN 978-7-5122-1729-4
定　　价　42.00元

版权所有　侵权必究

目 录

楔子 …………………………………………………… 1

第一章 巨浪 …………………………………………… 3

第二章 崩塌 …………………………………………… 23

第三章 影子 …………………………………………… 42

第四章 密码 …………………………………………… 70

第五章 邻居 …………………………………………… 96

第六章 冰井 …………………………………………… 116

第七章 古刀 …………………………………………… 143

第八章 傀儡 …………………………………………… 165

第九章 蠕虫 …………………………………………… 188

第十章 毁灭 …………………………………………… 207

楔子

　　戴夫船长一进入驾驶舱，联盟便开始实况转播未来之耶号太空飞船的点火升空。各大媒体纷纷报道了联盟的创举：未来之耶号太空飞船，在戴夫船长的指挥下，前往夏当行星，开启了亚诺历史上最伟大的星际探索。飞船还载有船员 10 人，志愿者 38 人。飞船抵达夏当行星后，先投放志愿者到实验地点，让他们在原始生态环境中生活 6 个月。飞船将在夏当的另一边着陆，确保志愿者与现代社会彻底隔离。6 个月之后，飞船将返回到实验地点，载着他们一起返回。

　　星际航行 7 个月后，未来之耶号太空飞船终于抵达夏当行星。各大媒体纷纷刊发了戴夫船长发回来的照片。有飞船投放志愿者的照片；有飞船降落在海边的照片；有戴夫船长站在 C 位，被微笑的船员们簇拥着，背靠着雪山，留下合影的照片；有志愿者在山林里野炊的照片；还有亚当行星和阿维罗卫星同时挂在夜空上的照片……

　　4 个月之后，各大媒体传来信息，未来之耶号太空飞船可能遭遇潮汐，失去了联系。还配发了一段音频，音频里传来绝望的呼喊："好大的浪呀，完了，完了，飞船被卷走……"

物理学家们纷纷解释,亚诺行星没有卫星,也就没有卫星引力,潮汐现象不明显。夏当行星有阿维罗卫星,潮汐现象明显,海水会受到它的引力作用,形成巨浪,吞食海岸。

网络上一片沸沸扬扬,各种议论声此起彼伏。三天之后,联盟宣布:

夏当行星探索计划无限期推迟。

第一章 巨浪

沐重站在霞梵山的一处峭壁上，面向着大海，任由海风猛烈地推搡着，修长的身形纹丝不动。从这处1500多米高的峭壁上眺望，海面像镜子一样平静。峭壁脚下，巨石嵯峨，连绵到10多千米远的海岸线。

海上天际线开始变粗，渐渐分离出两条，形成一上一下两个海平面。两个海平面落差越来越大，越来越近，慢慢地可以看清，这是一堵向两边无限延伸的巨浪。巨浪向着沐重飞速地奔涌而来，越长越高，临近大约1000米处时，已经是800米左右高的浪头。

巨浪将空气向着峭壁挤压，形成了一股强大的冲天气流。沐重穿着翼装飞行服，纵身一跃，跳下峭壁。他努力张开四肢，像一只五角形的海星鱼，迎着这股气流向下急坠。不一会儿，他突然在空中有所停顿，接着被这股强大的气流快速地冲向天空。

沐重被冲向空中最高点时，巨浪猛烈地拍向峭壁。刹那间地动山摇，伴随着震耳欲聋的巨响。待到巨浪平歇下来时，峭壁开始崩落，一块又一块的巨石向下翻滚坠落，堆积在山脚下。当海水完全退去时，霞梵山脚下，露出了一个新的碎石带，整个临海悬崖面，向后退去10多米。

他在霞梵山悬崖峭壁间飞速地滑翔着，高度一点一点地降低。在山谷间一处平坦的草地上，差不多只有100米高时，他开启了降落伞。张开的降落伞陡然将他拉起，随后开始缓缓降落。

落地后，他将翼装服脱下，收起铺摊在草地上的降落伞。此时，一架穿梭机飞临他的身边。穿梭机上，透过挡风玻璃，一位中年女士冲着他招手。

"妈妈，我马上就好。"

沐重麻利地整理好降落伞，将它和翼装服一起塞进双肩背包里，拎起背包背上，快跑几步，一个跨步登上了穿梭机。

穿梭机徐徐关上舱门后，腾空而起，向着鹤泽山飞去。

寒凝和儿子沐重住在鹤泽山半山腰上一幢两层楼的尖顶原木屋里。这里曾是哈娜和桑托斯的家。在沐重将要出生之时，寒凝来到这儿住下。她知道这幢原木屋的阁楼里，有一台天文望远镜。她想像哈娜那样，通过它，每天都可以看一看夏当行星的情形。

寒凝在这个原木屋生下沐重后，一直陪伴他26年。当沐重年满18岁成年之后，寒凝会让他在潮汐季的巨浪上翼装飞行。除了这件事外，还有一件事，也是寒凝规定他必须做的。在他3岁时，寒凝就开始教他用天文望远镜观察夏当行星。这个习惯一直保持到现在。特别是在潮汐季里，夏当行星离得近，更需要经常去观察。

"妈妈，为什么要看夏当？"

童年时的沐重，有一天突然问寒凝。

"你想见爸爸吗？"

第一章 巨浪

"想。"

沐重瞪着眼看着寒凝,坚定地点着头。

"他就在夏当上面。"

"妈妈,那上面没有人。"

"不,那上面有人,总有一天,你会看到的。"

沐重每次回想妈妈的这句话,便深信不疑。童年时,夜空中的"月亮"——夏当行星,在客厅的落地窗前,只有钱币大小。而如今,在潮汐季里,"月亮"已经占满客厅里的落地窗,"月光"照进屋里,如同白昼。

随着沐重的成长,潮汐季里的夏当行星,离他越来越近。通过天文望远镜,沐重拍摄的夏当行星照片也越来越清晰,细节也越来越丰富。如果把这20多年来的照片汇集起来,就好像是不断放大的电子地图。起先是一片海洋,如果放大一下,就可以发现海洋里有一个岛屿,再放大一下,便可以看清岛上的山峰。持续放大,便会看到山峰上的树木,树木上的叶片,叶片上的小虫……

沐重坚信,再过几年,便可以看清楚夏当行星上的动物了。到那时候,就一定可以看到爸爸。

"我邀请了他们来聚餐。"

寒凝的话,打断了沐重的思绪。她将穿梭机稳稳地停在原木屋门前的空地上,和沐重一起进了家门。

"时间不早了,你得赶紧拿出数据分析报告。"

寒凝话音未落,已转身走进厨房,将午饭后的餐桌收拾干净,接着把一摞碗碟放进水槽,一边洗刷着,一边看着窗外的景致。

寒凝邀请的客人，一共有5位，都居住在附近。晚上6点左右，客人们陆陆续续地来到原木屋。寒凝和沐重热情地迎接了他们。大家围坐在餐桌旁，边吃着晚餐，边听着窗外的死寂。

"沐重，明年会如何？"

宇归晚饭吃得很少，最先放下刀叉，拿起一张餐巾纸抹了抹嘴巴，打破了沉闷。

沐重慢条斯理地切割着餐盘里的一块方形褐色肉块。所谓肉块，是将植物蛋白、膳食纤维、淀粉等混合而成的食品。如今，大家吃的都是这种合成食品，顾不上美味，只需要保证营养。

沐重深爱翼装飞行。比起穿梭机，它让他更像一只鸟，更有自由飞翔的感觉。疾速飞行在巨型潮汐上，常常让他又感到，自己就是征服巨浪的弄潮儿。

"不容乐观。今年的潮汐，比我们去年的预测要大得多。"

在飞翔中，沐重观测了巨型潮汐的主浪和次浪波形、速度、持续时间等等参数。他每年都要观测，并建立模型，预测下一次潮汐季来临时，巨型潮汐的规模。

一起共进晚餐的，除了宇归以外，还有辰中、胜影、离晴、绮照4位客人。大家都知道沐重这话的含义：明年的巨型潮汐，一定会浪头更高，破坏力更大。

"看来三个引力的大小明年会相当了。"

胜影披着一头长发，身材瘦长，对天体力学很有研究。

"这意味着什么？"

寒凝双目紧盯着胜影。

第一章 巨浪

"这意味着亚诺行星可能脱离它的公转轨道,离吉瑟恒星越来越远。"

离晴中等个头,体型匀称,宽宽的肩膀,显得强壮。他对天文学也略有所知,接过话题回答道。

"也就是说它俩不一定会相撞了?"

沐重马上意识到这是个复杂的问题。

"不一定离开吉瑟恒星。"

胜影皱着眉头,阴沉着脸。因为轨道半径相同,吉瑟恒星对夏当和亚诺的引力是相等的。当夏当和亚诺之间相距足够近时,它俩之间的引力将与前两个引力的大小,处于同一个数量级,夏当和亚诺的公转轨道就有可能改变。

"还有可能成为类似牛郎和织女那样的双星系统。这对孪星会绕着共同的中心互相绕转。这个中心又绕着吉瑟恒星公转。"

"这不是很好吗,亚诺行星和夏当行星都得以保存。"

辰中很不解。

"一旦变成稳定的双星系统,我们就只有一个季节了。天天都是潮汐季。"

沐重叹了口气。根据今天翼装飞行观测的结果,结合往年数据,沐重测算出明年巨型潮汐的平均高度会达到1000米。潮汐季持续时间将达到3个月。在霞梵山观测点发生的巨型潮汐的次数将到达200次以上,平均每天3次以上。

"这事儿明年会发生吗?"

绮照显得有些担忧。她比沐重小两岁,戴着一副眼镜,头发剪成短平头,像一个相貌俊秀的小和尚,少了些女人的味道。

沐重看着她，脑海里想象着，巨型潮汐将会像剃头发的推子一样，日复一日，把一个个山峰推平。就像她的短平头一样，不再有连绵起伏的山峦。

"说不准。如果再考虑到阿维罗卫星的引力影响，一切都不好说。"

胜影需要大量的观测数据和复杂的计算，才能搞清楚夏当、亚诺、阿维罗这些天体未来几年的命运。

"也有可能，亚诺行星在吉瑟和夏当的引力作用下，被甩出现在的轨道，在更远的轨道上，承受着终年的极寒。"

宇归的话，其实是在重复离晴的观点。他是这一屋子人里面最年长的，将近80岁了。他始终认为，不管未来会是什么样，亚诺人很难摆脱世界末日，亚诺文明终将灭绝。

"我们可以打造一个太空岛。"

离晴是个机械迷，忍不住提出了他的构想。所谓太空岛，其实就是巨型空间站。将太空岛发射到亚诺行星的公转轨道上，只要控制好速度，可以让它始终避免落于亚诺行星和夏当行星的引力场。就当它是历史的驿站，亚诺人可以等到夏当和亚诺的命运揭晓之后，再做打算。

"联盟崩塌后，雷萨的太空岛计划就搁浅了。"

寒凝瞟了一眼宇归。

"太空岛的建造，是一项庞大的工程。必须要有巨大的能源，才能维持太空岛的重力系统。重力系统对人的生存很重要。没有它，长时间处于失重状态，我们会得太空病。"

宇归似乎对建造太空岛很熟悉。

"太空岛也不可能做得很大,足以装下所有人。谁去谁不去,便是艰难的选择,很容易引起严重的冲突,甚至会导致你死我活的厮杀。那些没有资格上岛的人们,会抱着鱼死网破的心态,竭力摧毁太空岛,让大家都去不了。"

联盟崩塌时,辰中已经成年。雷萨的太空岛计划搁浅,他也深有体会。宇归所说的重力问题,只是技术层面的问题,终究可以找到解决的办法。亚诺人的争斗,才是根本原因。

"也许不得不如此了。"

宇归虽然并不看好未来,但是仍然在尽力。在他心中,始终存在一份祈祷,哪怕只有一个人能摆脱世界末日,也是好的。

除了寒凝以外,其他人都很诧异地看着他,不知道他的这句话究竟在说什么。

宇归看着寒凝,不再说话。

"我可以使用魔方系统。"

大家更加惊讶地扭头看向寒凝。

一提到魔方系统,寒凝内心是酸楚的。27年前,她才22岁,便接受父亲雷萨的命令,前往海边别墅,接待戴夫船长,尽力让他死心塌地前往喀尔斯岛,执行未来之耶号太空飞船的飞行任务。

戴夫船长第一次面见雷萨之时,寒凝也恰好抵达本格拉城。寒凝在隔壁房间看见了他。虽然他的一言一行,在雷萨面前显得毕恭毕敬,但是从他身上散发出来的,在赛勒斯地下城长期养成的桀骜不驯的自由主义气质,深深地迷倒了她。

从见到戴夫船长那一刻起,她已经爱上了他。雷萨在接下来陪女儿共进晚餐时,敏锐地察觉到了。

在命令戴夫前往夏当行星之前，雷萨让寒凝在海边别墅等待戴夫的到来，叮嘱她务必照顾好他，让他坚定不移地完成使命，因为这关系到全体亚诺人的未来。

"你愿意吗？"

这么多年来，她的耳边总是想起父亲雷萨的这句话。她起初是不愿意的。任何人都可以圆满完成这个任务，为什么偏偏安排自己的女儿？她感觉很不爽，隐隐地有被利用的感觉。

然而这种不爽，在转瞬间消散，取而代之的，不仅仅是愿意，还是激动和期待。她欣然前往海边别墅，耐心地等着他的到来，尽心照料他的起居，甚至在他即将前往喀尔斯岛的那一个夜晚，献出了纯真的爱情。那一晚虽然短暂，却是刻骨铭心，她赢得了戴夫的心。

万万没有想到，7个月后，戴夫船长永远留在夏当行星上了。在她看来，未来之耶号太空飞船被潮汐卷走，并不一定意味着戴夫船长也被卷走，说不定当时他在岸上呢！

任凭寒凝如何哀求，雷萨不为所动，断然终止了夏当行星探索计划，不再安排飞船前去搜救戴夫船长及其船员，还有那些志愿者。

此时此刻，她终于明白，雷萨从来都只是在利用戴夫船长。他从骨子里憎恶自由主义者，憎恶无政府主义者。一想到这，寒凝便感到愤怒，父亲雷萨也利用了她的爱情，让她亲手将自己深爱的人送上了不归路。

在海边别墅的那一夜后，寒凝怀上了戴夫船长的孩子。她知道哈娜和桑托斯在鹤泽山的家，也知道阁楼上有一台天文望远镜。

在遭到雷萨拒绝后,她只身一人来到这里,生下了沐重。

只要夏当行星挂在阁楼的天窗外,寒凝就会用天文望远镜观察它许久。这其实是一种慰藉。她也知道,仅仅通过这种放大倍数的天文望远镜,是不可能看到戴夫的。

当沐重长到3岁时,寒凝便让他观察夏当,在他5岁时,她让他知道,他的父亲在夏当行星上。她也是在潜意识层面上向沐重灌输,一定要想办法见到他的父亲。如果这个愿望能达成,意味着她和儿子能够彻底地逃离世界末日。

"妈妈,你不舒服吗?"

寒凝阴晴不定的表情,引起了沐重的关切。

"……喔,没什么。我挺好的。"

寒凝停止了回忆。

"传说中的魔方系统,很强大。"

辰中似乎对魔方系统很了解。

"它拥有强大的量子计算机。它拥有庞大的数据库。它由魔方A、魔方……"

"它和我们有什么关系?它能帮助我们逃离吗?"

绮照打断了辰中的话。

"能!"

宇归斩钉截铁地回答道。宇归曾是联盟的副主席,是雷萨最忠诚的副手。联盟崩塌后,寒凝收留了他,帮他度过了危险时期。也可以说,她救了他一命。他使用过魔方系统,对魔方系统很了解。对于年轻一代来说,魔方系统是个传说,而对他来说,它就是一

个曾经使用过的工具。

"我们需要打造超级能量，用它来炸毁亚诺行星，然后前往夏当行星。"

寒凝终于说出了自己的想法。

"超级能量能在一瞬间将亚诺行星爆成齑粉。要想打造超级能量，没有魔方系统，等于天方夜谭。"

宇归作了补充。显然，他和寒凝事先有过讨论，也达成了共识。

如果亚诺行星不存在了，那么夏当行星也就安全了。每当潮汐季来临时，夏当行星和亚诺行星的境遇差不多，同样也经受着来自亚诺行星的引力，同样也是巨浪滔天，同样也是生灵涂炭。在这样的环境下，但愿他还活着。寒凝一直在心中为戴夫暗暗祈祷。

屋子里的辰中、胜影、离晴，虽然比沐重大，但是最大的辰中，也只有38岁。胜影35岁，离晴30岁。他们和沐重、绮照，都属于后联盟时代的年轻人。

对于这个想法，屋里的年轻人，感到匪夷所思。想到这个方案如果成功，他和妈妈就可以在夏当上与爸爸重逢，沐重觉得寒凝有这样的计划，也在情理之中。

"魔方系统能找得到吗？"

绮照忍不住问道。

"如果我们有超级能量，为什么不炸毁夏当行星。"

胜影不等宇归和寒凝回答，也表达了自己的质疑。

"在炸毁它之前，有多少人可以前往夏当行星？"

"所有的亚诺人都去吗？"

"我们有那么多太空飞船吗？"

"超级能量是什么？"

年轻人七嘴八舌，说出了种种疑问。

"我们可以在夏当行星上重新生活么？"

沐重脱口而出的问题，显得有些自相矛盾。戴夫如果在夏当行星上还活着，那一定可以重新生活。他内心里隐隐觉得，戴夫不太可能还活着。他时常观测夏当，也有着安慰妈妈寒凝的成分。

"能够打造超级能量，就已经很不容易了。如果要运送超级能量到达夏当行星并炸毁它，难度实在是太大了。"

宇归听了寒凝这话，面上露出了一丝不易觉察的微笑。

"一个都不能少，所有的亚诺人都去。我并不知道现在有多少太空飞船，或者说，我们可以制造出多少太空飞船，在短时间里将所有亚诺人带走。"

寒凝停顿了一下，接着说道：

"我也不知道超级能量是什么。不过没关系。我坚信，如果有魔方系统的帮助，这些问题都能够迎刃而解。找到魔方系统，炸毁亚诺行星，是最佳选择。"

寒凝语气坚定。沐重知道，前往夏当找寻爸爸，妈妈的这个心结，多多少少，左右了她的决策。

屋子里的年轻人们，还是有着深深的疑虑。他们开始对寒凝和宇归的身份感到好奇。对于魔方系统这么确信地寻找，这么真切地依赖，这么坚定地推崇，寒凝和宇归在雷萨的联盟时代里，应该不是寻常人。

寒凝和宇归感受到了年轻人的疑虑，他俩对视了一眼，彼此

心照不宣：要想领导这些年轻人，实现炸毁亚诺的计划，就必须赢得他们的信任。

"沐重，有件事情，妈妈一直没有对你说。你的外公，也就是我的爸爸，他叫雷萨，是联盟的主席。宇归是联盟的副主席。"

寒凝指着宇归，也说出了他的身份。

沐重听了这话，表面上平静如水，内心里却是心潮澎湃。

辰中、胜影、离晴和绮照，听了寒凝这么一说，不约而同地问道：

"雪沽，堂醉，是假名？"

"是的！我不是堂醉，我的真名是宇归，她也不是雪沽，她的真名是寒凝。"

宇归长舒了一口气，隐姓埋名的日子终于结束了。

4个年轻人瞬间放下了所有的疑虑，对寒凝的方案表现得跃跃欲试。

"需要我们做什么，请你尽管吩咐。"

自从夏当行星有了阿维罗卫星，已经过去整整30年。每当亚诺行星运行到公转轨道左肩时，夏当行星离它一年比一年近，此时相互之间的引力也越来越强。它吸引着亚诺行星的海水，形成潮汐。潮汐的浪头一年比一年高，持续时间也是一年比一年长。

从吉历4016年起，巨型潮汐开始持续发生。在这之前，100米以上的巨型潮汐，一年中只会偶尔发生一两次。然而这一年的2月上旬，巨型潮汐每天出现，整整持续了一周，专家们决定正式命名为潮汐季。从此，在亚诺行星上，一年四季变成为一年五季，

第一章 巨浪

从1月到12月，依次是冬季、潮汐季、春季、夏季和秋季。

潮汐季带来的破坏，是显而易见的。亚诺行星的生态系统遭受到严重破坏，动植物总量大大减少。亚诺人口也大大减少，从30年前的100亿，减少到1亿左右。

巨型潮汐对亚诺行星四大洲的破坏程度各有不同。波希莱洲是南极冰盖，原本无人居住，巨型潮汐袭击过后，无非是留下一层冰冻的鱼虾。

奥普拉洲都是沙漠、戈壁和绿洲，地势平坦，巨型潮汐对它的破坏是致命的。在潮汐季，它可以将奥普拉洲全境反复扫荡多次，那里已经没有了绿洲，也完全不适合人们居住。

克特里洲全境崇山峻岭，尽管巨型潮汐的侵袭，造成它的植被面积减少了三分之一，动物种群也大幅减少，但是潮汐侵蚀线以上的山体部分，仍然适合部分物种的生存。克特里洲周围的克特里群岛，也像奥普拉洲一样，成了一座座光秃秃的岛屿，不再适宜亚诺人居住。

德拉伊洲由高耸入云的阿隆索山脉和广袤无垠的特梅尔大平原组成。阿隆索山脉阻挡了来自达拉尔大洋巨型潮汐的冲击，使得特梅尔大平原的东部得以保存。从吉历4016年至今，14年的潮汐冲击，造成阿隆索山脉临海的悬崖峭壁不断崩落，不断向后退去，沿着海岸线，逐渐形成了10多千米宽的碎石带。

来自卡姆洛大洋的巨型潮汐，年复一年，从西向东，一点一点地吞噬着特梅尔大平原。每当潮汐季即将来临之时，特梅尔大平原西部的亚诺人，不得不听从气象部门的预报，向东搬迁。等到潮汐季过后，被巨型潮汐淹没的大地上，留下大量的死鱼烂虾。

经过夏季的炙烤，空气中弥漫着腥臭的味道。由于来年仍要遭遇巨浪的肆虐，这些土地已经没有了重建的价值。

如今，特梅尔大平原只剩下原来六分之一的面积。阿隆索山脉像一只弓，只能保护弓弦之内的特梅尔大平原，免受来自东面的达拉尔大洋、北面朵拉美大洋以及南面汉昌大洋巨型潮汐的冲击。弓弦之外，向西的部分，已经被卡姆洛大洋上的巨型潮汐破坏得满目疮痍。

潮汐季不仅仅带来巨浪的威胁，还会带来狂风暴雨的破坏。孪星之间的引力，让亚诺天空中静静漂浮的云朵，会突然风起云涌，上下翻滚，刹那间暴雨倾盆，地面很快变成一片汪洋。更有甚者，海面上会突然升起一股水柱，在空中划出一道"彩虹"，倾泻到陆地上，就像一场龙吸水。

在高山上，暴雨会顺着山势向下流走，只要躲过山洪走过的路径，山坡上的屋子就不会被冲走，也不会像平原上那样，出现内涝的情况。龙吸水发生的高度，一般在1000米以内，只要居住在1000米的高山上，就不会遭遇它的袭击。为了躲避这些灾害，所有的亚诺人最终不得不居住在阿隆索山脉中海拔1000米以上的高山里。寒凝所在的鹤泽山上，已经居住着1万名左右的亚诺人。

亚诺人很少出门远足，过着归隐山林般的生活。这也是迫于无奈。在潮汐季，没有人敢在海里航行。一旦遭遇巨浪，便会船毁人亡。潮汐季过后，那些港口以及停泊在港口的船只，也早已被巨型潮汐破坏得面目全非。亚诺人的海上交通，还有内陆的河道交通，已经不复存在。

陆上交通也是如此。潮汐季的暴雨和龙吸水对道路的破坏是全局性的。好不容易修好的道路，潮汐季一来临，便全部破坏了。随着潮汐季持续时间越来越长，浪头越来越高，道路被破坏的里程数越来越大，道路的维修速度已经远远赶不上破坏速度。

在阿隆索山脉的群山之间，潮汐季的暴雨，让山脚下的积水逐年累积，最终形成湖泊环绕的景观。盘山而下的道路，早已沉入深深的湖底。

人们只能依靠穿梭机在天上飞来飞去，这是唯一可行的远足方式。亚诺人的科技是发达的，生产力也是强大的，完全可以做到人人都有一架穿梭机，就像自行车王国里，每人都有一辆自行车那样。

然而，世界末日即将来临，这才是最根本的迫于无奈，它让大多数人心如死灰，没有兴致出门远行，宁愿过着足不出户的隐士般的生活。私人驾驶乘用穿梭机的情况并不多见。

亚诺人越来越消沉，以至于绝大多数人终日不语，也不从事任何劳作，除了吃就是睡。在鹤泽山上，情况也是如此。寒凝无时无刻不感到，周围生活的不是一群人，而是一群"僵尸"。唯一的差别，就是这群"僵尸"不会紧盯着她，非要咬她一口不可。

鹤泽山上是一个僵尸社会，这也是当前亚诺社会的真实写照。在僵尸社会里，那些失去期望的人们，眼神变得空洞，灵魂变成幽魂。每家每户，听不到欢声笑语，也听不到争吵怒骂。死一般的寂静，像炊烟一样弥漫在山林间，飞禽不再啼鸣，走兽不再嘶吼，草虫不再聒噪。树枝在风中摇曳，却听不到飒飒声。树叶在雨中沐浴，却听不到淅沥声。树干在闪电劈斩下，却听不到咔嚓声。

所幸的是，仍有人顽强地活着，他们身处在"僵尸"群里，

抱着坚定的信念，努力让自己不要沦落成"僵尸"，始终不渝地为亚诺人，为亚诺文明寻找着出路。只是这样的人太少了。这么多年过去了，鹤泽山上也仅仅只有这屋子里的7个人。寒凝将大家扫视了一遍，起身命令道：

"等潮汐季一结束，我们就出发。"

晚上，沐重在床上翻来覆去，辗转难眠。他怎么也没有想到，自己的外公是联盟主席，联盟的最高领导人。

他从小到大，关于长辈的事情，只知道自己的父亲在夏当行星上。应妈妈的要求，这个事情一直当成秘密埋在心里，从不对任何人说起。

曾经有一次，10岁左右时，沐重问起父亲的过往，妈妈立即声色俱厉地制止了。

"打听父母的过去，是不礼貌的行为！"

妈妈的这句话，从此封住了沐重内心对父母过往经历的好奇。从沐重记事起，妈妈也从来不曾谈论自己的过去，更不用说他的外公了。

妈妈应该让沐重最先知道，而不是像今天这样，当着大伙儿面，说出自己的身份。这让沐重有些猝不及防，有些尴尬，有些失落。好在沐重是个沉静的人，心中虽然有波澜，也不在脸面上显示出来。

沐重悄悄地爬起床，走到阁楼里，坐在天文望远镜前，观察着窗外夜空中的夏当行星。夏当行星上的岛屿、山脉、河流、草原……轮廓清晰，可以辨认得清清楚楚。夏当行星这个时候，同

样巨浪滔天，生物种群也经历着生死存亡的考验。沐重心里有了和妈妈一样的关切：爸爸在那儿，他还活着吗？

"你怎么还没有睡？"

沐重背后响起了寒凝的声音，急忙扭头看了她一眼。

"是不是心里不舒服？"

寒凝苦笑了一下，看着沐重。沐重低下头，默不作声。

"你也大了，早就应该和你聊聊我们家的事情，只是……只是……只是一想到你外公，我就没有了勇气。"

寒凝低下头，平静了一下呼吸，用手拢头发时，顺势抹了抹眼角的泪水，这才抬起头来。

"妈妈，你不愿意提起过去，我不怪你。"

"没事，今天机会很好，应该告诉你一些事情。"

寒凝告诉沐重，她一直以来都没有原谅雷萨。就是他，让戴夫在夏当行星上一直下落不明。甚至极有可能，他是故意的，早就策划好了，让戴夫一去不复返。她迟迟不想告诉沐重这些恩怨，也是不想再多一个亲人仇恨雷萨，毕竟他是她的父亲，也是沐重的外公。

"其实，我对你的父亲，了解也不多，和他在一起的时间，很短很短。我是一见钟情地爱上了他。"

沐重对寒凝所讲的事情，很能理解。唯一不能理解的，是寒凝对戴夫的一见钟情。沐重已经26岁了，但是在这走向末日的岁月里，很难见到面露笑脸的人，更别说渴望爱情的年轻女孩了。在这样的岁月里，男女之事只是为了宣泄心中的压抑，根本不是源于爱情。

寒凝看出了沐重的不解，微微一笑，从脖子上摘下红宝石项链。

"这是雷萨的项链，现在该由你戴着了。"

翼装飞行的观测数据表明，潮汐季还有3天便将结束。亚诺行星将会恢复平静，大家可以驾驶穿梭机远行。在明年潮汐季来临之前，只有10个月的时间。已经刻不容缓了。必须带领这些年轻人一起，寻找到魔方系统，完成预定的计划。明年的潮汐季，如果真的出现双星系统，那就意味着世界末日提前到来。

第三天一大早，寒凝便驾驶着穿梭机，再次来到霞梵山，站在悬崖边，看到海面恢复了平静，内心终于有了一丝释然。潮汐季终于结束了。

朵拉美大洋上的本格拉城，在联盟崩塌之后，就失去了踪影。可是城中的魔方系统仍然发挥着作用，因为所有的工厂都在运转，所有的机器人都在工作，全球的交通系统、通信系统也都运行畅通。

令人惊讶的是，即便是亚诺社会步入潮汐季年代，魔方系统仍然有效地发挥着作用。如果没有魔方系统，潮汐季早将亚诺社会毁灭，亚诺人不可能活到现在，还能衣食无忧，还能用手机通信，还能在天地间穿梭。寒凝和宇归坚信，魔方系统一定在亚诺的某一处持续工作着。

10年前，机器人开始在阿隆索山脉的弓弦线上，从北到南，筑起一道钢铁长城。这道钢铁长城高500米，再加上特梅尔大平原平均海拔就有700米，能够抵御来自卡姆洛大洋上至少1100

米高的巨浪侵袭。这道钢铁长城和弓形的阿隆索山脉,将占特梅尔大平原六分之一的东部地区围了起来,确保这块土地免受巨浪的吞噬。

以钢铁长城为分界线,向东部分由特梅尔东部平原和阿隆索山脉组成。前者被称为"特梅尔生产区",由机器人掌管,负责供应亚诺社会的所需物资。后者被称为"阿隆索生活区",居住着所有的亚诺人。钢铁长城以西,特梅尔中部和西部平原,被称为"特梅尔受灾区"。

为了抵御潮汐季的暴雨和龙吸水,机器人将特梅尔生产区的所有工厂,改造成一个个密不透风的"黑匣子",原料从入口进,产品从出口出,机器人在黑匣子里完成产品生产。生产出来的产品,由机器人操控各种各样的货运穿梭机来完成运输工作。

机器人将亚诺人所需物资,手机、家电、衣服、食品……及时准确地送到他们手中。寒凝和宇归也坚信,机器人所做的这些工作,也一定是魔方系统操纵的结果。

一年又一年的潮汐季,夏当行星对亚诺行星的人造卫星,也有了明显的引力作用,让亚诺行星的人造卫星一颗又一颗脱离运行轨道,消失在无边无际的太空中。先是同步轨道卫星,再是中轨道卫星。现在仅剩下了近轨卫星还在正常运行。

魔方系统仍然掌控着这些近轨卫星。这些卫星能够对亚诺行星表面进行遥感遥测。观测到的数据,可以为亚诺人预报巨浪、暴雨和龙吸水的发生时间、地点和规模。

毋庸置疑,魔方系统经受住了潮汐季的考验,不但在运转,而且运转良好。寒凝收回眺望海面的目光,喃喃自语道:

"必须尽快找到本格拉城,进入联盟主席行署,成为魔方系统的新主人。"

寒凝回到鹤泽山,将大家召集到原木屋里,郑重宣布:立即进行前往本格拉城的准备工作。大家听到寒凝的命令,起身走出原木屋,开始了各自的工作。寒凝看着他们远去的身影,脑海里却浮现出雷萨的面容。

联盟在雷萨手中崩塌,雷萨在联盟崩塌中消失。

第二章 崩塌

雷萨竭力保守的最高秘密，就像肌体里的癌细胞，在亚诺社会里静悄悄地繁殖、扩散、转移、蔓延，侵蚀着联盟这个看似无坚不摧的肌体。最终，联盟就像余烬过后的树干，轻轻一触碰，就崩塌成一堆木灰，一阵风吹过，便立即无影无踪了。

克努斯在暗网里向他的 39 个朋友透露了这个最高秘密。这些人又转而告诉他们的亲人们或者朋友们，如此口口相传，越来越多的人知道了这个最高秘密。

在相互转告这个秘密时，他们首先说的不是秘密本身，而是郑重其事地叮嘱道：知道这个秘密后，你可千万不要发布到网络上去，否则后果不堪设想。

直到对方信誓旦旦地点头允诺，他才会说出这个最高秘密：50 年内，夏当行星和亚诺行星，这对孪星必将相撞，亚诺文明必将灭绝。

要想保守住一个秘密，就会产生更多的秘密。海盗要隐藏掠夺而来的珍宝，就把它们封存在山洞里。"珍宝在山洞里"，便是一个秘密。为了若干年后能够找到它，海盗画了一张寻宝图。"寻宝图"，便是又一个秘密。寻宝图放在保险柜里，"保险柜的密码"，

再一次成为秘密。

克努斯不可能在暗网里告诉他的朋友们,他将被流放到夏当行星。他当时被隔离在喀尔斯岛,无法与外界通信。即使他能够与外界通信,他被流放夏当行星,也是在他到达那儿之后才恍然大悟的事情。

他的朋友们在互联网上看到了联盟的直播,一批志愿者乘坐未来之耶号太空飞船前往夏当行星,网上还公布了这批志愿者名单。这些朋友们很惊讶地发现,克努斯居然也在其中。过了11个月,看到未来之耶号太空船被潮汐卷走的新闻,他们立刻都心照不宣,克努斯永远留在夏当行星上了。

他们立刻意识到,雷萨又有了一个秘密:知道联盟最高秘密的人,就会被雷萨隔离流放,不再是隔离流放到喀尔斯岛,而是夏当行星。

自此之后,克努斯的朋友们再向别人透露联盟最高秘密时,都会反复叮嘱,若将这个秘密发布到网上,后果不堪设想。这样一传十、十传百,随着孪星碰撞的秘密不断地扩散,隔离流放的秘密也扩散开来。

所谓秘密,就是不要说出真相,这是一种隐瞒。秘密有时需要谎言来掩饰,就像联盟宣称克努斯他们是志愿者,这其实是一个谎言。秘密往往伴随着谎言,联盟的秘密越多,意味着雷萨的谎言越多。秘密一旦泄露,也意味着谎言被戳穿,这是联盟崩塌的导火索。它引发民众的怒火越烧越旺,最终导致联盟灰飞烟灭。

自从未来之耶号太空飞船被夏当行星的潮汐卷走后,雷萨的

这颗心才安稳下来。女儿寒凝功不可没,成功地让戴夫船长不折不扣地执行了他的命令。

戴夫船长确实很有能力,雷萨很欣赏他。不过欣赏归欣赏,雷萨内心里却很清楚,戴夫不值得信任。一个从小就在赛勒斯地下城成长的人,充满着自由主义思想,和自己本质上不是一类人,也永远不可能成为一类人。

一旦自由主义者有了权欲之心,那将会为所欲为。不能让戴夫掌握更多的权力,必须立即除掉他。雷萨为此精心谋划,不惜利用自己女儿的爱情,成功地让戴夫船长踏上了不归路。

所谓夏当的潮汐卷走了未来之耶号太空飞船,这只是一个谎言。阿维罗卫星对夏当行星上的海水确实有引力作用,也有可能产生的潮汐大到可以卷走太空飞船。这并不重要。重要的是,这艘太空飞船就是单程航班,原本就不可能返回。潮汐只是借口而已。

雷萨打算好好奖赏寒凝。他甚至想要打破联盟的规矩,在多年之后,将联盟主席的位置传给她。他只有她这个女儿,不传给她,传给谁呢?难道真的要按照联盟的规矩——联盟主席可指定接班人,但是不得指定自己的亲戚——指定一个外人?

令他失望的是,寒凝并不像他想象的那样:如果一个女人能够抛开感情,那这种女人就是非常难得的理性之人,那她就是联盟主席的不二人选。

在得知未来之耶号太空飞船再也不能返回后,寒凝焦虑不安,那段"好大的浪呀,完了,完了,飞船卷走……"的音频,只能表明太空飞船被卷走了,并不能表明戴夫船长也被卷走了。

她来到本格拉城，在联盟主席行署里一见到父亲雷萨，顿时泪流满面，恳请雷萨再派一艘太空飞船前往夏当行星，搜寻那些志愿者和船员，希望能够找到并带回戴夫。

雷萨看着她挺着大肚子，意识到这是戴夫的孩子。他很可怜她，但也对她感到深深的失望和不可名状的嫌弃。绝对不可能再去把戴夫找回来！他内心里的想法没有表露出来，反而显得很温柔。

"我会立即召集会议，和联盟副主席一起，研究你的提议。你放心回去吧，不用担心，会议一定会通过你的提议。"

雷萨确实召集联盟副主席们一起开了会。不过会后发布的公告——夏当行星探索计划无限期推迟，让寒凝大吃一惊。她急忙再去本格拉城面见父亲雷萨时，她的穿梭机已经被魔方Q限制了。它可以载着她飞往任何一个地方，除了本格拉城。

在亚诺社会里，人们的平均年龄达到120岁，最高的150岁。雷萨如今只有68岁，相当于中青年人。妻子在他当上联盟主席的前两年就走了，他专注于联盟的治理，根本就没有兴致考虑再婚。女儿时不时来主席行署陪伴他，这让他一度认为，单身生活也很安逸，也很充实。

雷萨在拒绝接见寒凝后，突然感到十分孤独。他想到了薇欧拉。在第一次面见雷萨时，薇欧拉的直觉很敏锐地感觉到了雷萨内心的渴望。她留了下来，温柔地伺候着雷萨。一夜过后，雷萨感到非常满意。戴夫是不可能回来了。必须任命新警长接替他的位置。薇欧拉是最合适的人选。想到这儿，雷萨立即召见了薇欧拉。

薇欧拉再次见到雷萨后，就留在了联盟主席行署里。时不时

· 26 ·

地，薇欧拉警长会乘坐雷萨的专用穿梭机，到世界各地，处理一些公务。她管理着1亿亚诺公民，总会有些公务需要亲自出面处理。好在魔方系统很强大，在主席行署里管理这些公民，也不是很难的事，这让她不会频繁地、长久地出差。另一方面，偶尔出差，也可以调剂一下生活。天天待在本格拉城，总会感到单调。

虽然雷萨和薇欧拉没有对外宣布结为夫妻，但实质上，他们过的就是幸福甜蜜、水乳交融的夫妻生活。他俩很亲密，不分彼此，但在工作上，却各自独立。这主要体现在魔方系统的使用权限上。雷萨的最高权限密码，从不会透露给薇欧拉。薇欧拉有自己的入口，使用警长的权限登录魔方系统，独立地处理日常事务。在只有主席和副主席参加的会议上，雷萨也不会因为薇欧拉在行署里而让她参加。

一晃6年过去了。在这6年里，魔方A对互联网的舆情评估都是良性的。雷萨很自信地认为，联盟的最高秘密终于得到严格的保守，亚诺公民对此一无所知。

看着薇欧拉为他生下的5岁儿子，雷萨从来没有如此得意扬扬，从来没有如此幸福满满，从来没有如此情意绵绵。仿佛孪星碰撞的世界末日已不存在，他和他的妻子、儿子会永远快乐地生活下去。

然而，所有的亚诺公民，都已经在心底里知道了雷萨的秘密。有一个迹象能说明这个问题，只是被雷萨忽略了。亚诺社会在这6年里，出生人口大幅度减少。一旦知道世界末日会在自己有生之年来临，有谁还愿意生育下一代！怎么能够忍心眼睁睁看着自己的子女面临死亡！

雷萨像安徒生的童话《皇帝的新装》里的那个皇帝，裸露着身子在大街上走着，还自以为是，表现得若无其事、天下太平的样子，心安理得地接受大家虚伪的恭维——皇帝的新衣真好看。亚诺公民只是害怕不堪设想的后果，不敢戳破雷萨的谎言。当人们畏惧雷萨的时候，是不可能对他说真话的，所谓的坦诚，更是无从谈起。

吉历4010年1月1日，在辞旧迎新的元旦节，联盟主席行署的巨型屏幕再次亮起橘黄色的预警灯。

雷萨来到屏幕前，魔方Q立刻告诉他，在过去的一年里，亚诺社会人口出生率为零！最后一位出生的婴儿是女婴，她是吉历4008年12月21日出生。在此之后，再没有新生儿出生。她也因此成为亚瑟行星上年龄最小的人。

魔方Q又指出，5年来，亚诺社会人口总量明显下降，已从100亿降到80亿左右。在5年以前，世界人口的平均死亡率和出生率大体相当，人口总数长期维持在100亿左右。现如今，出生率趋于零，死亡率大幅上升。进一步分析死亡率上升的成因，发现非正常死亡率已经上升到和正常死亡率相当的水平。

由于有强大的魔方系统，交通和生产的安全性大大提高，很难发生事故性死亡。自然灾害的预报也极为准确。即使最难预报的地震、海啸，也可以实现提前一天的精准预报，让亚诺公民能够及时防范死亡风险。监控无处不在，暴力犯罪无所遁形，整个社会安定祥和，杀人致死案件极少发生。这些非正常死亡率的总和，往常情况下，比因病死亡或年老死亡的正常死亡率低很多。

魔方Q进一步指出，非正常死亡率主要表现为自杀致死和斗殴致死两类。统计数据表明，好斗的人、偏激的人、悲观的人和抑郁的人，整体数据急剧上升。这些人，不是在自相残杀中死去，就是在自我了断中死去。

雷萨看完魔方Q的分析报告，感到百思不得其解。联盟的核心管治团队兢兢业业，亚诺公民在其管理下，也是健康快乐，温顺老实，衣食无忧。怎么突然会出现不生孩子，打架斗殴，抑郁自杀？

他立即命令魔方K随机抽取10万个亚诺公民，平均每个警长所管理的亚诺公民中，抽取1000个。魔方K要时刻监视这些亚诺公民的一言一行，连续监视7天。

仅仅过去3天，联盟主席行署的巨型屏幕便再次闪烁着红色预警灯。

魔方K向雷萨提交了分析报告。分析报告指出，通过监听这10万个人和他们的妻子、父母、子女、亲朋好友的交谈，发现他们中间，有99.99%的人，都谈到了夏当与亚诺的碰撞，谈到了世界末日。窥一斑而见全豹，这意味着所有的亚诺公民，都已知道了联盟的最高秘密。

雷萨听后，大吃一惊。就像《皇帝的新装》里一位儿童所说的——他什么也没穿啊，他这才知道，自己的秘密早已暴露在众人面前。

雷萨紧急召集联盟副主席到主席行署开会，共同研究当前的形势与对策。大家在得知魔方Q和魔方K的分析报告后，都陷入

长时间的沉默。

德米的资历最低，雷萨盯着他，示意他率先发言。

"这两份报告，亚诺公民知道吗？"

德米打破了沉默。

"不知道他们知道不知道。"

按照道理，这是魔方 Q 和魔方 K 的最新报告，亚诺公民不可能知道。雷萨竟然说出这么一句拗口的话，显得很不自信。这也在情理之中。联盟的最高秘密竟然被亚诺公民知道了，还有什么事情，亚诺公民会不知道？民众虽然是被统治者，但是并不愚蠢，他们迟早会知道所有的一切。

德米又陷入了沉默。

"太空岛计划进展如何？"

昌盛津副主席的言下之意，局势恐怕很难控制，应该立即逃离亚诺行星。

雷萨将目光转向宇归副主席，他最信任的人。

"太空岛计划按期实施，已经可以居住。只是重力系统还不能运行。"

"为什么不能运行？"

"没有液态氖和氚。按照原计划，下个月启动 100 吨液态氖和氚的生产。"

"它和重力系统有什么关系？"

"有了它，太空岛上的核聚变反应堆才能运行，才能为重力系统提供能源，维持重力环境 1 万年。"

"需要多久才能完成生产。"

"原计划15年，至少12年。"

宇归逐一回答着大家提出来的问题。

自从夏当行星有了阿维罗卫星后，雷萨首先想到的是移居伽玛格行星。伽玛格行星与夏当行星相邻，处于同一轨道面，绕吉瑟恒星公转的轨道半径更大。魔方系统给出的实施方案表明，要实现这一目标，50年远远不够。

雷萨只能退而求其次，计划建造能够容纳1500人左右的太空岛。魔方系统给出的实施方案，建造这个规模的太空岛需要7年左右的时间。魔方系统认为，太空岛计划调用的能源虽然巨大，但是相对于移居伽玛格行星来说，却是小巫见大巫。这样一来，太空岛计划并不需要大动干戈，可以静悄悄地实施，实施周期也相对较短，易于保密。

雷萨任命宇归全权负责太空岛计划的推进。宇归不负众望，经过5年建设，太空岛已经基本建成，剩下来的，只是生产氕和氚。此时，雷萨的儿子流雄出生了。这让雷萨有些迟疑。

看着襁褓中的儿子，他突然很留恋亚诺行星上的生活，不愿意让自己的孩子从小生活在太空岛上。再住上20年吧，等到流雄成年了，再移居也不迟。

"核心管治团队，每人的携带名额10人，不知道够不够。"

当初确定太空岛1500人的建造规模，是基于联盟核心管治团队共有111人，每个人可以携带10人上岛，总人数为1221人。即便加上必要的辅助人员，1500人的太空岛，也是绰绰有余。

"您的意思，太空岛需要扩大规模？"

宇归马上意识到工程需要延期。

"你觉得每个人需要携带多少人上岛?"

雷萨继续追问。

"只让警长带10人,肯定是不够的。"

警长直接管理亚诺公民,结交的朋友多,想要带上岛的人,自然也多。对于高高在上的联盟主席雷萨,几乎没有什么朋友。他需要带上的,只有薇欧拉和他的流雄。至于那个女儿和她的儿子,他一时半会也很难说得清楚,究竟是愿意还是不愿意带上这对母子。即便带上,也不足5人。

宇归揣摩雷萨这么问的用意,是考虑到薇欧拉也是警长,她也有资格带人上岛,可能她需要带上岛的人,远远不止10人吧。

"我建议,每个人应该携带50人,我们应该建造8000人的太空岛。"

"这需要多长时间?"

雷萨面向巨型屏幕,询问魔方系统。

"还需要16年。"

"干脆建造1万人的太空岛,如何?"

雷萨看着宇归。

"没问题,保证按期完成任务。"

宇归终于明白,雷萨的真正心思,是想尽可能地在亚诺行星上待着。他这是要等流雄成年后,再移居太空岛。

参会人员又是长时间沉默。

在亚诺公民普遍知道世界末日来临的社会背景下,联盟能够坚持12年吗？雷萨的内心充满了怀疑，在座的副主席们也十分怀疑。

"请大家务必保守人口出生率为零和人口大幅度下降的秘密，严格保密太空岛移民方案。请大家会后告诫各自管理的警长们，务必加强对亚诺公民的管理，确保亚诺社会的稳定。宇归副主席，除了管理好自己的亚诺公民外，还应进一步加快推进太空岛计划的实施。只要维持12年，我们就可以安全离开这儿。"

雷萨下达了苍白无力的命令后，会议不欢而散。

德米离开本格拉城后，内心里感到极其失望。联盟越来越多的秘密需要保守，只会让普通公民与联盟核心管治团队渐行渐远。一旦两者处于敌对关系，亚诺社会的稳定祥和必然土崩瓦解。

联盟的核心管治团队必须坦诚地面对普通公民，和他们一起，共同应对世界末日，而不是抛弃他们，自私地临阵脱逃，只顾自己的存活，让普通公民无措地面临世界末日。这种自私的做法，只会激化矛盾，带来动荡。

德米决定向雷萨宣战，取代他成为联盟主席，只有这样，联盟才能得到民众的拥护，才能成功应对世界末日。他想成为亚诺人民的新领袖，成为他们的英雄。

德米登录了魔方系统，在那里面发布了联盟的太空岛移民方案。他所管理的10名警长及其8亿普通公民，在同一时间收到了这一方案。

薇欧拉警长隶属于德米副主席管辖，她自然也收到了太空岛移民方案。当她仔细看完后，感觉事态严重，立即报告给身边的

雷萨。

雷萨随即登录魔方系统，这才发现，德米不仅仅向10名警长，也同时向8亿普通公民发布了移民方案。这是极其严重的泄密行为，应该判处终身监禁。德米这么做，而且可以说，如此明目张胆地这么做，看来是有预谋的。德米明明知道薇欧拉就在他身边，根本不回避，直接向薇欧拉泄密，这分明是向他发起挑战。

雷萨命令魔方A立即封锁网上所有关于太空岛移民方案的消息。可惜为时已晚。此时已经过去了30分钟。原本魔方A可以在5分钟内做出反应，但那是对外部网络的响应速度。堡垒总是从内部攻破的。魔方A对内部警长或者副主席发布的命令或者消息，如果没有联盟主席雷萨的授权，是不能干涉的。

在这30分钟内，太空岛移民方案，被9亿公民上传到互联网上，在多米诺骨牌效应下，迅速形成燎原之势。魔方A已经来不及扑灭。

雷萨此时感到前所未有的冰冷，仿佛朵拉美大洋上的寒冷穿过联盟主席行署的院墙，直透心头。他立即命令魔方A提交舆情评估报告。

一个小时过后，魔方A提交的舆情评估报告将此次舆情直接评定为恶性舆情。在它看来，80亿亚诺普通公民中，几乎所有的人都认为，在亚诺社会面临世界末日的情况下，联盟核心管治团队利用手中掌握的资源，带领身边的亲戚朋友前往太空岛，让广大民众在亚诺行星上自生自灭，这是冒天下之大不韪的罪行。

魔方A进一步指出，已有99%的人内心充满愤怒，强烈要求联盟主席雷萨作出解释，并引咎辞职。其中，43%的人提议应

该撤换联盟的核心管治团队。更有甚者，23%的人主张应该前往本格拉城，占领联盟主席行署，夺取魔方系统的最高使用权。只有极少数和联盟管治团队关系密切的人，他们有可能登上太空岛，表现出支持联盟管治团队的态度，或者对此事保持沉默。

联盟核心管治团队的所有人，警长、副主席和主席，都极有可能面临着人身危险。很多暴怒的民众扬言，只要遇见核心管治团队的成员，见一个杀一个，见一对杀一双。

他们也确实感到了危机四伏，特别是警长们。警长们常年与民众直接打交道，就生活在社区里，对面走来的居民，就有可能冷不丁拔出刀来，要了他的命。警长领导的1万名警察，绝大多数也不可能随他登上太空岛，他们也会非常愤怒：天天为你卖命，临到危急关头，却被一脚踢开。这些身边人，更加难以防范，随时都可能要了警长的命。

只有德米，此时感到胜利在握。此时的民众，纷纷感谢德米能够抛开一己之私利，有勇气站出来揭露真相，是人民的好公仆。

德米不失时机地向全社会发布声明。他首先解释道，由于强烈反对太空岛移民方案，他在得知它的第一时间里，向他所管理的亚诺公民进行了公布。

德米进而呼吁，宇归副主席应该公布太空岛计划推进的详细情况；太空岛的建造规模，应尽可能多地满足民众的需求；在不能保证所有亚诺人上岛的客观条件下，无论男女老幼，无论职位高低，无论富贵贫穷，应采取抓阄的方式，随机确定上岛人员。

德米的声明赢得了广大民众的支持。亚诺人民纷纷呼吁，要让他取代雷萨，成为联盟主席。

德米的泄密行为，陡然将联盟核心管治团队推向了亚诺普通公民的对立面，也推向了联盟警察的对立面。

雷萨很恼火，所有的警长和副主席们也很恼火。雷萨决定立即召开联盟主席扩大会议，采取虚拟现实（VR）会议的形式，德米副主席除外，邀请所有的警长、副主席参加，共同研究应对当前的形势。

会议上，昌盛津副主席强烈谴责了德米的背叛行为。施罗德副主席也揭露了德米的老底。德米的背叛行为由来已久。当年为了谋取副主席的职位，德米亲手将24名最亲密的警察留在喀尔斯岛上与世隔绝。甚至在他们永远留在夏当行星上的时候，选择保持沉默。

会议一致认为，德米此时的背叛行径，根本就不是为了民众的利益，只是为了谋取觊觎多时的主席职位。会议一致决定，撤销德米在联盟里的一切职务，收回他在魔方系统的登录权限，永远禁止其网络发声。

会议有些代表提议，应该判处德米终身监禁。可是问题在于，执行这类任务的联盟警察，已经成了联盟核心管治团队的对立面，不可能再像以往那样言听计从。

会议同时研究了稳定亚诺公民情绪的对策。根据魔方系统的建议，会议向全世界做出了郑重承诺：联盟正式终止太空岛移民方案。面对世界末日，联盟首先保障亚诺公民的人身安全，首先保障亚诺公民的星际移民，联盟核心管治团队，将会最后离开亚诺行星。

联盟的郑重承诺，就像一阵风，原本想吹灭这场舆情之火，

结果适得其反，反而越吹越旺。亚诺公民已不再相信联盟，也不再停留于口头声讨，而是采取了行动。

魔方 K 和魔方 Q 向雷萨发出预警，已有近百支武装队伍，在联盟警察的带领下，从四面八方，前往本格拉城。这是要夺取魔方系统，推翻雷萨的统治。更有甚者，愤怒的亚诺人开始全面捕杀联盟核心管治团队的成员，30 多名警长已经惨遭杀害。

联盟核心管治团队中，只有德米副主席，由于他的揭露，或者说他的背叛，没有被愤怒的亚诺人捕杀。他手下的联盟警长们虽然对他咬牙切齿，但是警长手下的联盟警察们，极其拥护他。他成了他们的直接领导。他指示他们，前往本格拉城，夺取魔方系统。

雷萨深深地感到，大势已去！看着身边的流雄，心里不由得懊悔：流雄出生的那一年，就不应该修改太空岛计划。如果按照原计划实施，他们已经在太空岛上生活 3 年了，也不至于像现在这么被动。

作为联盟主席，雷萨想要武力镇压反叛者，这是很容易的事情。即使没有联盟警察，也不妨碍武力镇压的执行。联盟警长和副主席，虽然只有百十号人，但是依靠魔方系统镇压这些叛乱者，绰绰有余。在雷萨眼里，这些叛乱者就像冷兵器时代手舞大刀长矛的草莽，在高科技武器面前，镇压他们，就是一场围猎。

雷萨信奉的是和平，反对杀戮。一旦采用暴力，就违背了联盟建立的初衷。当初各国元首和总司令，交出国家战争机器，就是承诺，再也不将战争机器施加给任何一个亚诺公民。依靠战争机器挽救回来的联盟，已不再是当初的联盟。

他不想成为扣动武力镇压扳机的第一人,又不甘心联盟就这样崩塌,更不愿意向德米屈服,将最高统治权拱手相让。

雷萨左思右想,最终选择了消失。魔方系统是他的左膀右臂,只要它还在他手里,亚诺行星的资源就掌握在他手里,他仍能拥有掌控亚诺社会的权力。魔方系统绝对不能落在这些叛乱者手中。用暴力夺取政权者,必然会迷恋暴力,亚诺社会将永无宁日。他要带着魔方系统消失在这茫茫的朵拉美大洋冰层上。

本格拉城类似于悬挂式结构的 P4 生物实验室。这种结构的 P4 实验室,主要有 3 层。从下往上,底层是坚固的钢筋混凝土台座。第二层是核心实验室,用不锈钢建造,像一个全封闭的立方体"盒子"。这个"盒子"搁放在台座上。第三层是管道系统、过滤器系统和空调系统等等。

这种结构的好处是,在遭遇强震时,由于核心实验室是搁在台座上的,和台座不是刚性连接,不会因为台座撕裂而连带撕裂核心实验室。核心实验室会保持良好的封闭性,避免烈性传染病毒泄露。

本格拉城就是圆形的"核心实验室"。在紧急情况下,本格拉城会封闭成为一个密不透风的"圆盒子",以防御外来攻击。这个"圆盒子"搁在冰面上,就像核心实验室搁在台座上一样,是可以移动的。它可以升空,成为"凌霄宝殿",也可以入海,成为"水晶宫"。

此时的本格拉城中,魔方系统正在关闭本格拉城环形城墙的东西南北四个大门。城中心圆形主席行署的屋顶上,16 块厚达

20厘米的扇形天花盖板，像折叠扇子一样，渐次向外展开，形成一个圆盘，将整个本格拉城上空封闭。从空中俯视，此时的本格拉城成了一个由高强度耐腐蚀的钛钢合金制成的巨型圆匣子。

雷萨引爆了预埋在外城墙根下的炸弹。1000个定向爆破炸弹，在厚达50米的朵拉美大洋冰层上，沿着本格拉城外沿，硬生生地划出了一个圆形的切割线。

魔方系统点燃了密布在本格拉城底层座板下的成千上万个微型发动机。微型发动机喷出蓝色火焰，将整个本格拉城缓缓托起，微微悬浮于空中。蓝色火焰融化了圆形切割线内的冰面，将它变成了水面。

本格拉城开始一点点地下降，微型发动机浸入水面，在水中继续喷发蓝色火焰，融化水面下的冰层。本格拉城渐渐陷入冰层中。当它整个儿没入冰层时，融化的水立即漫过本格拉城的头顶，在北极寒风的吹拂下，再度结成冰层。

1个小时后，本格拉城穿过50米的冰层，全部浸泡在朵拉美大洋的海水里。它贴着冰层底部向北极点移动了100千米。

接着，本格拉城的四个城门楼顶，各伸出一根3米粗的螺纹钻杆，高速旋转，向上钻透冰层，露出冰面1厘米左右。随后，钻杆停止旋转，在其中心处伸出四个白色钛钢爪子，向四周外翻，牢牢地抓住冰面。此时，4根螺纹钻杆变成了4根桩柱，将本格拉城牢牢地钉在50米的冰层底部。同时，它也是天线，让本格拉城能够继续保持与外部的通信。

很快，白色钛钢爪子上也覆盖上一层薄冰，抹掉了本格拉城在冰面上的最后一点痕迹。至此，它终于消失得无影无踪。

海水中的本格拉城，能源是充足的。本格拉城存储着足够的核燃料，这些液态氘和氚可以保证核聚变反应堆运行50年。本格拉城还可以把周边的海水直接电解成氢气和氧气。氢气还可以作为水下微型发动机燃料，让本格拉城在需要时，能够继续在海中移动。

一部分氧气用来维持雷萨的呼吸，另一部分氧气可以与氢气燃烧用来供热与供水。本格拉城也可以通过多级蒸馏设备，直接将海水淡化获得纯净水。

本格拉城可以吸引朵拉美大洋里的鱼虾，释放城中的机器人，捕获它们作为雷萨的蛋白质供给。就像核潜艇发射鱼雷一样，本格拉城也可以发射全封闭的单人快艇，供雷萨在海中巡游。

雷萨可以上岸，但是这又有何意义？雷萨深深地叹了口气。他宁愿自我囚禁在暗无边际的冰冷海水里，也不愿意落在那些暴徒、那些无政府主义者的手中，接受他们的羞辱和审判。

那些在联盟警察带领下的武装队伍，来到本格拉城原址时，冰面已与周边融为一体，看不出任何痕迹，好像这儿原本就没有任何建筑物。他们进行了广泛的搜寻，搜寻了整个朵拉美大洋冰层，也在原址上挖地3米，仍然一无所获。

他们不得不接受这样的现实：本格拉城消失了，雷萨消失了，魔方系统也消失了。没能拥有魔方系统，让他们感到非常失落。他们只能对外宣称，雷萨驾驶着本格拉城离开了亚诺行星。这样的宣称，更加激发了民众对联盟的仇恨。

德米没有预料到会出现这种局面。他笃信雷萨会束手就擒，因为雷萨有执着的信仰，拥护和平，反对杀戮，雷萨绝对不会采

第二章 崩塌

用武力来消灭他的队伍。他心里想着：只要他的队伍占领了本格拉城，雷萨不得不投降，不得不和他谈判，不得不乖乖地交出联盟主席的宝座，将魔方系统的最高使用权限拱手相让，让他成为它的新主人。当前的形势明摆着，如果他当上联盟主席，就可以平息民愤，还可以保护联盟核心团队免受捕杀。只要按照他的声明去做，亚诺普通公民就不会造反，联盟就不会崩塌，亚诺社会就会恢复平静。

本格拉城的消失，让他的愿望成为泡影。德米无法解释本格拉城为什么就突然消失了，这让拥护他的联盟警察感到非常失望。联盟警察原本想在这场起义中分得一杯羹，谋取一次晋升，获得一份权力。如今一无所获，自然纷纷离他远去。没多久，他便在民众的记忆中被淡忘。

在联盟核心管治团队中，没有人得到雷萨的让位，也就没有人得到魔方系统的最高权限密码。警长和副主席们通过魔方系统能够调用的资源是有限的，根本不可能掌控全局。

联盟核心管治团队没有了联盟主席的核心领导，自然会分崩离析，变成一盘散沙。自从太空岛移民方案泄露后，已经有30多名警长惨遭暴民的杀害，让核心管治团队的成员，人人自危。隐藏自己都来不及，谁也不愿意出面维持联盟的乱摊子。

联盟从此崩塌。吉历4011年1月1日，亚诺社会正式进入无政府时代。

第三章 影子

薇欧拉搂着儿子，让穿梭机在空中盘旋，一直看着本格拉城沉入冰层中，这才向远方飞去。

"世界末日提前到来了。"

雷萨将抱在怀里的流雄递给薇欧拉，她接了过来。

"没有你，我们能去哪儿？"

薇欧拉不忍分离。

"我也不想这样。没有了我的统治，亚诺社会只会分崩离析，不用等到孪星碰撞，亚诺文明就会灭绝。"

雷萨讲的这些话，薇欧拉也赞同，只是心里很不踏实。没有雷萨在身边，她独自带着流雄前往太空岛，感觉太危险了。

"爸爸，别丢下我们。"

流雄想挣脱妈妈的怀抱，重新回到爸爸身边。

"此次前往太空岛，路途会很危险，我必须掌控魔方系统，才能保证你们的安全。"

雷萨用手抚摸着流雄的脸蛋，示意他别再挣脱。

"我们到了后，你一定要尽快赶来呀。"

薇欧拉隐隐觉得，这一分别，不知何时才能再见，不由得叮

第三章 影子

嘱着。

"放心，你们赶紧走吧。"

雷萨转过身，从城墙头的停机坪上，沿着楼梯，走下城墙，不再回头看母子俩。

薇欧拉在穿梭机上反复回味着离别的这一幕，心里很清楚，此时分别才是最好的选择。

所有无人驾驶或者机器人驾驶的穿梭机，都是被雷萨直接掌控的穿梭机。雷萨消失了，这些穿梭机就不能再使用了，一旦使用，就会被人怀疑是雷萨或者是雷萨的亲朋好友。只要是雷萨的亲朋好友，愤怒的人们一定会驾驶着穿梭机，在空中围追堵截。

雷萨专用穿梭机飞离本格拉城，前往阿隆索山脉的一处洞穴，沿途人迹罕至。尽管如此，短短一个小时的飞行，也让薇欧拉一直在提心吊胆。它太明显了，只能飞这一段，要想不被人发现，必须更换穿梭机。

这是一个巨大的洞穴，里面存放着一架手动驾驶的大型穿梭机。在洞门口，一个身材敦实的中年男人望向天空，等待着薇欧拉的到来。

薇欧拉从来没有坐过这种穿梭机，更谈不上驾驶它。雷萨给她安排了驾驶员。

"你是铭兴吗？"

雷萨专用穿梭机停在洞门口，没有熄火，随时都可以再次起飞。薇欧拉打开舱门，大声询问中年男人。

"不，我是森海。"

简短的暗号对上了，薇欧拉松了一口气。现在遇到的任何一

个人,都有可能要了她的命,她不得不慎之又慎。

"森海先生,我们可以出发么?"

薇欧拉牵着流雄走到他身旁,雷萨专用穿梭机便飞走了。

"可以出发,不过飞不远。"

森海打开洞口的大闸门,露出了一架老旧的穿梭机。

"有很长时间没有用了,里面的燃料只剩一小半了,我们只能飞到迪瓦特城。"

迪瓦特城在特梅尔大平原的东北角,从阿布拉莫山飞往迪瓦特城,大约需要两个小时的时间。

"到那儿后怎么办?"

雷萨的原计划是让薇欧拉乘坐这架大型穿梭机直接飞到联盟的航天发射秘密基地。

"我们再想办法,如果它不能飞,那就只能开车前往了。"

森海是雷萨的忠实追随者,是雷萨计划带往太空岛的人选之一。雷萨也和薇欧拉交代了,对他可以完全放心。雷萨事前也向森海许诺过,只要他能够一路安全护送薇欧拉母子俩,便也可以登上太空岛。

傍晚时分,穿梭机摇摇晃晃地停在了迪瓦特城的一处平地。森海抱着流雄,薇欧拉紧紧跟随着,悄悄地走到一栋别墅前。森海向四周看了看,开门先让母子俩进了屋。他进屋转身朝外,又警惕地往四周看了一眼,这才关上了门。

迪瓦特城是一座小型城市,以养老休闲为特色。人口不多,居住的大部分都是老年人。即便外面的世界闹翻天,这儿依旧宁静。对于薇欧拉来说,既是警长,又是雷萨的女人,这双重身份

第三章 影子

所带来的危险,在这儿显得微不足道。

"我们需要在这儿住上一两个月。"

第二天早上,森海将早餐端到薇欧拉和流雄面前。

"不能立即出发吗?"

"不能。本格拉城失踪了,雷萨失踪了,大家正在满世界寻找,我们应该避过这个风头。"

薇欧拉心里知道雷萨在哪儿,只是在森海面前不宜表露。

"呀,他怎么消失了。"

薇欧拉故意面露焦急的脸色。

"不用担心,他一定会好好的。"

森海一心想要登上太空岛,生怕薇欧拉节外生枝,放下眼前去太空岛的计划,转而寻找雷萨去了。

在发布声明一个月后,德米来到赛勒斯地下城。他对这儿非常熟悉,当年为了整治它,走遍了角角落落。在这过程中,有了一个意外的收获。德米发现了岩洞里的翠鸟系统,一个独立于魔方系统之外的智慧系统。相比魔方系统,它要简陋得多,但也很有实用价值。

德米没有向雷萨汇报这件事,而是在赛勒斯地下城安装监控系统之前,隐藏了它。他把洞口的铜大门封闭起来,让它变成凸凹不平的岩石壁。没有人能察觉出这儿曾有一个山洞,更不会知道,里面有一个翠鸟系统。铜大门封闭后,德米修建了一个暗道,方便自己进入翠鸟系统而不被魔方 K 发现。

翠鸟系统的拥有者是赛勒斯大学的蒂姆教授。7 年前,他被

戴夫船长诱骗,一起去了夏当行星,再也回不来了。

这些年,德米一直偷偷地在研究翠鸟系统,也最终破译了翠鸟系统的使用权限。他可随心所欲地使用它。也是因为这一点,让他觉得自己拥有了挑战雷萨的资本。

德米始终不相信雷萨驾驶本格拉城离开了亚诺行星。他认为雷萨一定躲在世界的某个角落,继续操控着魔方系统。他需要使用翠鸟系统找出雷萨来。

德米沿着阴暗的隧道,终于走到翠鸟系统面前,心里不禁一阵一阵地紧张:

它能发挥作用吗?

森海让薇欧拉和流雄在迪瓦特城的别墅里足足住了一个月。直到此时,亚诺社会的动荡局势才有所平静。没有联盟强有力地管理,凶杀、械斗、抢劫、强奸、枪击……恶性案件数量显著增加。但是,这些暴力事件必然不可能持续增加。

在无政府状态下,多样性纷呈,亚诺社会中没有任何力量能够一支独大,掌控全局。这也意味着不同力量之间,势均力敌,很容易发生冲突,也很容易两败俱伤。这就让冲突事件的数量,到达一个高峰后,会逐渐转向低谷。在经历了低谷的休整期后,又会逐渐达到另一个高峰。整个社会呈现一种混沌性稳定——在混乱动荡中保持着社会的稳定。

森海认为,民众对于联盟核心管治团队成员的关注度已经降低,可以带领母子俩动身前往秘密基地。为了慎重起见,森海还是不敢使用机器人驾驶的或者无人驾驶的穿梭机,而是调来了一

辆越野车。

"我们只能开车前往。"

森海走下车，迎着薇欧拉走去，从她身边俯下身抱起流雄。

"需要走多久？"

薇欧拉上下打量着这辆越野车。它的外观更像一辆坦克，整个外壳由合金钢制成，没有车窗和前后挡风玻璃，也没有后视镜。人进入车内后，通过虚拟增强现实，可以清楚地看到车外360°全景，不会像普通轿车那样，视线受ABCD柱的遮挡。由于全身没有玻璃，整辆车特别耐冲撞和翻滚。

"如果一切顺利，中途不停歇，需要20小时。"

森海打开厚重的右后车门，后排右边座椅上紧固着一只儿童座椅。他将流雄塞进儿童座椅里，仔细地系好安全带。

"为什么不坐穿梭机？"

薇欧拉从车后绕到车身左侧，打开左后车门，坐在后排左边座椅上，系好安全带。她担心车程时间太长，沿途可能会有危险。

"这小镇都是老年人，他们一般开车。老年人经受不住忽上忽下的空中飞行，不愿意开穿梭机。镇上加油站里没有航空燃油。"

森海发动了车子，猛踩油门，车子便向前窜出，一溜烟地向着西边进发。

"但愿上帝保佑我们。"

森海内心也没有把握，这长的路途，会不会有意外。只要到达秘密基地，一切就好办了。

越野车在特梅尔大平原上穿行了两个多小时。工厂、商店、宾馆、办公楼……车外的景致，如同坐在敞篷车里一样，被看得

非常真切。沿路偶尔会看到激烈的枪战，也会看到战斗后留下的废墟。

按照事先的安排，宇归将在秘密基地等着，一旦薇欧拉母子俩到达，便将他们送上飞船，前往太空岛。

"和原定计划相比，我们迟到了这么多天，足足有一个月……"

"没事，我已和宇归联系了，他还在基地上。"

森海打断了薇欧拉的话，知道她担心什么。

翠鸟系统直接拦截了卫星、监控摄像头、加油站……各种各样的终端数据，通过分析，推断出本格拉城的消失以及薇欧拉母子的踪迹。它的报告证实了德米的怀疑：本格拉城没有消失，雷萨也没有消失。在朵拉美大洋冰层下，雷萨仍然掌控着魔方系统。同时，他也知道了薇欧拉和流雄要前往太空岛。

德米面临着两种选择，要么选择暗中跟随薇欧拉他们，然后要挟他们，让他们带上他一起前往太空岛。要么劫持母子俩，胁迫雷萨交出魔方系统，他便可以领导整个亚诺社会。

太空岛现在没有重力系统，人上去居住，会像蠕虫一样，寿命不会长久，估计只能延续5年左右。德米猜测，雷萨应该知道这一点，他坚决要送薇欧拉和流雄前往太空岛，一定是不想让母子俩落于他人之手，被人利用来胁迫自己。

雷萨不愿意薇欧拉母子被劫持，那就充分利用这一点。德米紧急召集了他的队伍。

第三章 影子

"砰",一声巨响,越野车在最后一抹夕阳的照耀下,突然腾空而起,翻转车身,车顶向下,狠狠地砸向地面。

越野车在地上翻身躺着足足有5分钟,森海才推开车门,从里面摇摇晃晃地爬了出来。他站起身来,定了定神,看了看周围,发现空无一人,旁边有一个弹坑,这才意识到,他们被小型炮弹袭击了。他用力打开后排座车门,将薇欧拉从车里拖了出来,接着又把流雄抱了出来。

越野车有很好的防弹能力和抗摔滚能力。遭到袭击后,车身没有什么变形和破裂,车内的人得到有效的保护。森海仔细看了看薇欧拉母子俩,确定没有大碍,只是有些皮外伤,便领着他们离开现场。

马路上远远地出现一些全副武装的人,由一个联盟警察带领着,向森海他们逼近,最后拦住了他们的去路。

"薇欧拉,你还认识我吗?"

联盟警察胖高个子,色眯眯地看着薇欧拉。薇欧拉心里一惊,难道是她曾经领导的1万名联盟警察中的一员?

"没错!我叫辞孤,听到这个名字,你应该有印象吧。"

警长领导的联盟警察,不可能都见过面,但是日常处理公务,他们的名字,会经常在魔方系统里出现。薇欧拉确信,他就是其中一员。

辞孤走到薇欧拉面前,其他人则端着枪将抱着流雄的森海逼开。

"你就是我的警长。我朝思暮想的,美丽的,女上司。"

辞孤油腔滑调地说着,伸出手摸着薇欧拉的脸蛋,又顺着脸

· 49 ·

蛋向下滑过脖子，停在胸部，准备揉捏她的乳房。

薇欧拉突然一个手刀侧击，然后进步直冲拳，瞬间将辞孤放到在地。正当她准备俯身控制住他时，脑后被抵住了一只手枪。

"真不错，身手还像当年一样。"

"德米。"

薇欧拉听到这熟悉的声音，不由地喊出了他的名字。

"想当年，你在赛勒斯地下城制服小流氓的风采，至今让人难忘。真没想到，做了这么多年联盟主席的女人，空手道功夫一点儿也没有荒废。"

德米示意薇欧拉缓缓直立起身体，然后向同伙招了招手。很快，薇欧拉和森海被铐了起来。

薇欧拉三人被押解到一幢封闭的、坚实的厂房里。里面空无一人。在不停运转的生产线上，可以看到各式各样的机器人在来回忙碌。

他们一直走到了厂房的尽头。墙角处有一间屋子，辞孤将薇欧拉等3人推了进去。在即将关上屋子铁门时，薇欧拉缓缓地说道：

"德米，你知道我们要去哪儿吗？"

"太空岛上只能生活5年，你知道吗？"

德米面带嘲讽。

"太空岛上没有重力系统，这个时候上去，活不长，雷萨没告诉你？"

看着薇欧拉一脸的惊愕，德米继续说道：

"雷萨在哪儿？快告诉我。"

薇欧拉默不作声。

第三章 影子

"相信我,我可以让太空岛运行重力系统,到那时候,我们再去太空岛,就能长命百岁。"

薇欧拉非常失望,原本想将登上太空岛作为交换条件,让德米放了他们,没想到德米居然已经知道了他们的目的地,好像对此根本不感兴趣。

"我真的没法联系雷萨。对天发誓,我也不知道他在哪儿。"

薇欧拉只要登录魔方系统,就可以联系雷萨。只是这样做,就直接表明雷萨没有消失,仍掌控着魔方系统。

"别骗我了,我知道他在朵拉美大洋冰层下。"

薇欧拉很吃惊,德米被联盟开除后,就不是联盟核心管治团队的成员,早就不能使用魔方系统,居然知道薇欧拉的目的地,还知道雷萨大致的位置。更令人不解的是,他对她的行踪如此了解,能够在途中设下埋伏,成功地劫持了她。他是怎么知道的?

"你赶紧登录魔方系统,在里面留言,说你和儿子被我劫持了。"

德米示意辞孤拿来一台笔记本电脑,递给薇欧拉。

"你们好好聊聊吧。明天早上,我想知道雷萨的决定。"

"咣"的一声,德米转身关上了铁门。

联盟副主席们得知本格拉城消失后,都在魔方系统里留了言,试着等着雷萨的回应。然而,雷萨没有回信,他们感到很失望。他们开始有些相信,雷萨可能真的消失了。

昌盛津在魔方系统里,向雷萨申请前往太空岛。自从听说本格拉城消失后,一个多月来,他每天登录魔方系统查看,可是没

有得到雷萨的任何反馈。

  他和其他副主席联系,能联系上的人,越来越少。现在只剩下宇归、施罗德了。其他6个副主席至少有大半个月没有音信了。他转而联系了手下的10名警长,也杳无音信。这些副主席和警长们,估计已经被暴怒的亚诺普通公民,或者联盟警察杀害了。

  他和宇归、施罗德谈了前往太空岛的打算。宇归告诉他,没有雷萨的批准,任何人不能前往太空岛。施罗德告诉他,前往没有重力系统的太空岛,也活不长久,只有找到雷萨,让他使用魔方系统,尽快生产氘和氚,让反应堆和重力系统运行起来,才能前往太空岛。这是唯一的途径。

  昌盛津思来想去,觉得还是应该找宇归才行,他一直负责太空岛计划,肯定有法子上岛。

  "你负责建造太空岛,无须雷萨批准,也可以让人登岛。"

  "确实没有办法。雷萨只发放了薇欧拉的生物密码。"

  登录太空岛,必须使用薇欧拉的虹膜、声纹、指纹,太空飞船才能在太空岛上着陆。

  "你可以带我上岛。"

  昌盛津还在坚持他的观点,继续请求宇归。

  "我虽然负责推进太空岛计划,不瞒你说,从来没有去过。都是机器人上岛建设,没有一个亚诺人曾经上过岛。"

  "你不用担心失重,我这儿有药。能让亚诺人在失重状态下,肌肉和骨骼不会流失,还可以行动自如。"

  昌盛津抛出最后的筹码。

  "我说了,我没有权限上岛。"

第三章 影子

宇归已经有些不耐烦了,而昌盛津则郁闷死了。他仔细揣摩宇归说的这些话,感觉宇归不像在说谎。

突然,他眼睛一亮,既然雷萨只给薇欧拉发了生物密码,这是不是说,薇欧拉将会前往太空岛?

他反复推敲着宇归的"雷萨只发放了薇欧拉的生物密码"这句话,越来越相信,雷萨在消失前,极有可能安排薇欧拉母子前往太空岛。说不定雷萨无法面对联盟的崩塌,自杀身亡了。如果是这样,那他一定会对薇欧拉母子有所安排。如今的亚诺社会,是容不下这对母子俩了,只有去太空岛,还有存活下来的机会。

"薇欧拉来找你了,是吗?"

这次,昌盛津直接打电话询问宇归。

"……"

宇归沉默了一会儿,挂了电话。

昌盛津没有介意宇归的不礼貌,微微一笑,更加确信,薇欧拉母子俩就在去宇归那儿的路上。如果已在太空岛上,宇归会直接说出来,让他死了这条心。恰恰是母子俩还没上岛,宇归的第一反应才会是沉默,毕竟这是一件机密的事情,越少人知道越好。宇归只能选择沉默,怕一句话说不好,节外生枝,引起不必要的麻烦。

薇欧拉作为警长,归属德米管理,不归昌盛津管理,她又是雷萨夫人,她的联系方式一般人是不会知道的。他从来没有过她的联系方式,无法直接联系她。

德米肯定有薇欧拉的联系方式,只是他被除名了,不知道近况如何?他还在这世上吗?施罗德和德米关系很好。德米是他一

· 53 ·

手培养的。别看施罗德在会上表现出强烈反对德米的姿态，那只是为了明哲保身，划清两者之间的界线，避免被雷萨怀疑成叛徒或者卧底。再找施罗德聊聊，说不定事情会有进展。

昌盛津这么想着，拨通了施罗德的电话。

"如果不考虑失重问题，你愿意去太空岛么？"

"那当然。这儿没法待了，天天提心吊胆。"

施罗德说的是心里话。现实就是如此。他也试图和其他副主席联系，都没能联系上，这说明他们境遇不妙。

"那你能找到德米么？"

"你有什么法子避免它。"

施罗德想知道如何可以"不考虑失重问题"。

"实不相瞒，我这儿有药。早在一年前，我就开发出这种药，可以解决失重问题。"

"真的吗？这太好了。需要我做什么？"

施罗德来了兴致，变得积极起来。

"德米在哪儿，我需要找到他。"

昌盛津说出了自己的打算：如果能找到德米，那他一定有薇欧拉的联系方式。联系上薇欧拉后，我们可以用药来作为交换条件，请她带我们上岛。

"雷萨能够安排薇欧拉和流雄上岛，肯定不会只让他们活个三年五载的，说不定他也有这种药，只怕比你的更好。"

"没关系，不能作为交换条件，那只有来硬的，她带着年幼的儿子，会有所顾忌的，不至于不答应我们的请求。"

施罗德听着，越来越觉得他的方案可行。

第三章 影子

"我负责联系德米。"

德米感觉非常懊恼。没想到第二天早上,关押森海、薇欧拉和流雄的房间空空如也。房间桌子上的电脑屏幕上闪动着两个字——"影子"。

手无寸铁的他们,竟然打开房间的铁门,再打开厂房的铁门,悄无声息地蒸发了。德米呆呆地看着"影子"两字,一时间不知道这究竟意味着什么。

足足过了5分钟,德米才清醒过来,顿时露出气急败坏,极不甘心的神色。他立即召集辞孤和他的手下,跳上越野车,从厂房门口追了过去。

在路上,他查询了翠鸟系统。按照翠鸟系统提供的线索,3个小时过去了,不但没有看到薇欧拉他们的身影,还突然发现,自己又回到原点。正在一筹莫展时,德米的手机铃声响起。

"我是施罗德。"

联盟副主席的一举一动都被魔方系统监视着,雷萨是知道的。自从德米被除名后,联盟副主席们就没有谁敢再联系他。

"有什么事吗?"

德米内心里也很期待,知道施罗德此时打电话给他,肯定是有意图的。

"……"

施罗德一时不知该从何说起。

"有事直说。"

德米在电话另一头很干脆。

"那好吧……"

施罗德将昌盛津的计划全盘托出。

"你能联系上薇欧拉吗?"

"能!我们刚才还在一起,不过现在她不在我身边了。"

"那太好了!她去哪儿了?"

"就像昌盛津估计的那样,她要去太空岛。我们聚一聚,再具体商量商量。"

德米挂断了电话。

薇欧拉和流雄在德米手中,会是一个很好的筹码,极有可能逼迫雷萨交出魔方系统的最高使用权限。可惜母子俩跑掉了。当务之急,必须在薇欧拉母子俩登上太空岛之前,重新将他们抓获。

在生产线上来回忙碌的某一个机器人,为薇欧拉他们打开了屋子的铁门和厂房的铁门。它还为他们准备了一辆越野车,只是比之前的那辆车,续航里程和行驶速度都要差一些。

雷萨上任联盟主席后,为了进一步巩固集权统治,对所有的机器人注册,以便魔方Q能随时掌控。

以往,机器人警察全都直接听命于雷萨。雷萨消失后,它们被改造成了其他类型的机器人。其他类型的机器人,像建筑机器人、家政服务机器人、机械制造机器人、医护机器人等,主要接受买家的使唤。这些机器人注册登记后,雷萨具有优先使用权,只是在平时,他决不会轻易地使唤它们。

薇欧拉心里明白,临行前雷萨所说的,"我必须掌控魔方系统,才能保证你们安全抵达"是正确的。旅途中充满危险。一定是雷

第三章 影子

萨救了他们。

越野车行驶了 10 个多小时，中间休息了一次，加了一次油，始终没有发现追兵，也没遭遇伏击，森海不由得松了一口气。薇欧拉心里很清楚，一定又是雷萨的帮助，让德米没法再次追踪到他们。

森海和薇欧拉、流雄在路上休息了一晚上。经过 13 个小时的长途行驶，终于在晚上 9 点钟左右赶到了联盟航天发射秘密基地。

德米在特梅尔大平原中部的一座小村庄里找到了施罗德。施罗德的脸色有些苍白。自从那次联盟主席扩大会议后，他一直在地下暗室里生活，躲过了捕杀联盟核心管治团队的高峰时期。

"跟着我走，你是安全的。"

德米看得出来，施罗德内心还是对出远门有顾虑。

很快，一行人来到昌盛津的住处。这是特梅尔大平原西部的一片一望无际的湖泊。在湖泊深处，有一个长满低矮灌木丛的小岛。小岛中间，挖了一个巨型的凹坑。在凹坑里，修建了一座大平房。没有人会上这座岛，茂密的灌木丛让人无法立足，只会围着小岛转一圈便离开。

德米和施罗德开着快艇抵达小岛时，一簇簇灌木丛自动移开，让出一条小径来。他俩沿着小径来到坑沿边，走下一段楼梯，便和坑底的昌盛津相遇了。他们拥抱寒暄后，一起进屋落座。

"能见到你们，太让我高兴了。"

昌盛津掩饰不住自己的喜悦。

"我有一个方案。"

德米直奔主题。

"你怎么见到薇欧拉,在哪儿见到薇欧拉?"

施罗德在来的路上,一直想问这个问题,最后还是忍住了,决定见到昌盛津时再问。

德米开诚布公,详细叙述了伏击薇欧拉的过程,也谈了自己的打算。

"这也是不错的计划。"

昌盛津似乎赞成德米拥有魔方系统的最高使用权限,成为联盟主席。

"她逃跑了,我必须抓住她。有了这对母子,我就可以让雷萨交出魔方系统。"

"别做梦了。他视魔方系统为生命。"

施罗德任副主席资历最长,和雷萨相处的时间也最长,对他的了解,也比德米和昌盛津更深刻。

大家突然意识到,相互之间的意见并不统一,顿时沉默起来。

"那这样好了。"

德米打破了僵局。

"无论如何,先抓住薇欧拉。如果要挟成功,我当上联盟主席后,一定会让你们当副主席的。如果不成功,我们一起去太空岛。"

昌盛津和施罗德由衷地觉得这个折中方案挺好。德米当上联盟主席后,他完全可以稳定局势,让民众再次服从联盟的领导。这样不仅自己的位置保住了,性命也保住了。这就没有必要那么着急,完全可以等到重力系统建好后再登上太空岛。

第三章 影子

"我赞成!"

昌盛津率先表态。

"你的药真的管用?"

施罗德老奸巨猾,非要看到药效,才能放心。

"你们等着。"

昌盛津转身走进里间,不一会儿,拿出两颗药丸,摊在手心上。

"黄色的,我叫它'睡眠'。蓝色的,是'清醒'。黄色药丸,在太空岛上用,它可以让神经系统变得异常敏锐,太空岛的微小引力,你们也可以感知到。在这个药丸的作用下,你们的身体自动调整到微重力运动模式,能够活动自如。更关键的,它还能让肌肉和骨骼'封存',不会流失。蓝色的,回到亚诺后使用。它可以让神经系统重新恢复到原有的运动模式。"

"这么神奇?"

德米也有些不相信。

"我来做实验。"

昌盛津带着他们来到储藏室,里面有一个地窖的门。一走进地窖里,德米和施罗德没有想到,这里又是一番洞天。

这是一个巨型地窖。也可以说是一座工厂,里面有中试车间,还有实验室。

"我的药,就是在这儿研发的。"

昌盛津有些得意洋洋。

"雷萨知道你捣鼓这些吗?"

施罗德有些难以置信。

"他当然知道。他批准的。"

昌盛津带领他们来到一个足足有10米高的球形罐子旁。

"这里面是失重状态。我们透过这块玻璃窗,看看猴子的行为。"

球形罐子里有两只猴子,飘浮在空中张牙舞爪,却无法进退。一个机械臂将其中的一只猴子擒住,喂了它一颗黄色药丸。不一会儿,它飘浮在空中睡着了。

"等它醒来,我们再来看它的表现。"

他们回到上面,用完晚餐后,便又来到球形罐子旁。透过玻璃窗,他们看到那只吃了药的猴子活蹦乱跳的,而另一只猴子被它玩弄在股掌之间,一副无可奈何的样子。

"怎么样,不错吧。"

昌盛津微笑着看了他俩一眼,接着命令道:

"让它出来。再喂一颗蓝色药丸。"

不一会儿,猴子便被关在球形罐子外的猴笼里。软趴趴地躺在地上,一动不动。

"等它睡一晚,就可以恢复。"

第二天早上,昌盛津准备再带他们去看看猴子的表现时,施罗德拒绝了。他和德米都相信这药丸的神奇功效。

早餐时,德米再次谈起自己的计划。

"我可以弄到秘密基地的位置。"

"是吗?这只有雷萨和宇归知道。你怎么知道?"

"我收缴了森海的手机,他和宇归在路上有过电话联系。我通过通信定位,确定了宇归的大致位置。他肯定待在秘密基地,一直等着薇欧拉。"

第三章 影子

知道了宇归的位置,就知道了秘密基地的位置。赶在薇欧拉之前,在秘密基地守株待兔,一定可以抓到她。

"你们现在就去秘密基地,为了保证你们的安全,我让辞孤陪着你们,路上就没有人怀疑你们是联盟的人了。"

"非常感谢!"

施罗德和昌盛津心里都很明白,德米安排辞孤陪同,也有监视他们的用意。

"在路上联系宇归,找理由和他时不时聊一聊,每次聊,也不用多说什么,说一两句话就够了。定位出他的准确位置后,我会立即赶来。"

当早晨的第一缕瑟光穿过群山间的狭缝,照进秘密基地时,森海、薇欧拉和流雄已经吃完早餐,整装待发。

宇归带着他们来到发射场。停机坪上停放着一架大型穿梭机,这就是太空飞船。经过技术的迭代,相比7年前未来之耶号太空飞船,进入太空已经不需要庞大的火箭来助推。眼前的穿梭机有30米左右长,前面10米是座舱,后面20米是推进舱。推进舱表面密布着上百万个能够独立控制的微型发动机。舱里存储着超高能液体燃料。穿梭机在飞离亚诺行星时,可以在高速下保持各种姿态,安全性和灵活性大大提高,也能自如地返回。

"这是太空穿梭机,雷萨称它为'映旗号'。我们就坐它前往太空岛。"

宇归按了手里的遥控器,舱门徐徐打开,示意身后的薇欧拉登机。

"你们去太空岛,也活不了几年。"

映旗号穿梭机里,传来昌盛津的声音。接着,他和施罗德一前一后走出舱门。

"映旗号穿梭机正在灌注燃料,还有时间,我们能不能先聊聊。"

施罗德幽幽地说道。

宇归、森海、薇欧拉,大吃一惊,没想到会出现他俩。

"你们怎么找到这儿的?"

宇归百思不得其解。他不知道,德米有了翠鸟系统的帮助,很容易通过手机定位出宇归的位置。

"薇欧拉,我们想和你商量一下,你看可以吗?"

昌盛津期待地看着薇欧拉。薇欧拉点了点头。

"为了联盟,为了亚诺人民,请你转告雷萨,让他交出魔方系统,让出联盟主席。"

"昌盛津,你想当联盟主席吗?"

宇归呵斥道。

"不,不是我,我和施罗德都认为,德米最适合了,应该让他当联盟主席。他现在很得民心。"

"你们俩不是都在会上强烈反对他么?怎么又推选他?"

"此一时,彼一时。"

施罗德讪讪地一笑。

"你们想多了!我在魔方系统的留言,雷萨也没有回复。"

薇欧拉欲言又止,想了一想,接着说道:

"我离开本格拉城时,雷萨反复强调,我们之间,就此中断

第三章 影子

联系。他不会联系我,我也不要联系他。我联系了也没有用,他决不会理我的。"

"是的,我和他之间,也没有联系。"

森海在一旁证明。

正当昌盛津准备说出第二方案时,辞孤带着16人队伍渐渐围了上来。他们形成了包围圈,手持枪支,严阵以待。薇欧拉看到此景,不由得将流雄拉近身边,紧紧地护着他。

"薇欧拉,雷萨就是你的影子,你在哪,他就在哪。"

包围圈外,响起了德米冷冷的声音。包围圈让开一条缝隙,德米走到了薇欧拉面前。

"你告诉他,如果不交出魔方系统,你和流雄都得死。"

辞孤手下的一名队员,端着笔记本电脑,来到薇欧拉面前。德米逼着她进入了魔方系统,让她留言:1个小时以内,如果不交出魔方系统,德米就会让我和流雄命丧黄泉。

所有人都默不作声,静静地等待着雷萨的回复。

"亚诺行星就要毁灭,你何苦要留恋联盟主席的权力?和我们一起去太空岛,不是很好吗?"

薇欧拉做着最后的努力。

"你曾经是我最尊重的人,想当年,你替我找回了家传的项链,我一直心存感激。只要我们上了太空岛,我愿意永远报答你。"

"住口!广大民众需要我,需要联盟主席,需要魔方系统,他们也需要登上太空岛。"

大家都知道,德米的话并不可信。他要是真的当上了联盟主席,拥有了魔方系统,也绝不会顾及民众的利益。他这是被权力

诱惑得失去心智，不当上联盟主席，誓不罢休。

还剩下5分钟时，德米掏出手枪，抵在薇欧拉的脑门上，流雄见此情景，吓得大哭起来。

当最后一秒钟流走，德米突然一阵狂笑。

"果然，雷萨不讲亲情。你和儿子在他心目中不过如此。那就只好成全你们俩了！"

德米随即扣动扳机。

"呯！"

一声枪响，大家不由得闭上了眼睛，等到再睁开眼睛时，这才看清，倒下的是德米。

辞孤先下手，击毙了德米。

在来的路上，施罗德不动声色地对辞孤进行了洗脑。再加上昌盛津的配合，促使辞孤内心下定决心，要乘此机会，带着他的队伍一起登上太空岛。

施罗德还透露了德米出卖部下的行径：为了当上副主席，他曾将手下24名最亲密的联盟警察，送上了喀尔斯岛，送上了夏当行星，让他们在夏当行星等死。

昌盛津也在一旁添油加醋，德米之所以泄露太空岛移民方案，无非是为了争取民心，获得联盟主席的宝座，根本不会为民众谋利益。

"只要你愿意跟着我们，我们保证让你和你的兄弟们一起登上太空岛。这次是很好的机会，一旦错过，就不知道何时能再上岛。指望德米，绝对不可行。"

第三章 影子

辞孤最终听进了施罗德的意见,他和手下16个兄弟商量后,大家都一致认为这是绝好的出路。他们同意和施罗德、昌盛津一起,共同商议下一步的打算。

"我们先依着德米,如果他逼迫薇欧拉成功,成为联盟主席,拥有魔方系统,那我们就跟着他干。"

"施罗德说得没错,如果他不能成功,同意和我们一起上太空岛,那也皆大欢喜。"

昌盛津和施罗德一唱一和。

"如果他不能成功,气急败坏之下,想要薇欧拉的命,……"

"就请你一枪毙了德米。你救了薇欧拉,她肯定愿意带你们一起去太空岛。"

昌盛津又和施罗德一唱一和。

"行!就这么办!"

辞孤点了点头,心里想着薇欧拉的美色。

薇欧拉在枪声响起时,惊出了一身冷汗。当她睁开眼睛看着德米躺在地上,不由得怒气冲天,猛地踢了一脚。

"别生气。"

宇归拉了一把薇欧拉,使了使眼色。薇欧拉立刻意识到,危险还没有消除。眼前的映旗号穿梭机,只能乘坐8个人,在场的却有23人,映旗号穿梭机得来回3趟,才可以将所有人运上太空岛。谁先上,谁后上,只怕会引起纠纷,引起争斗。

"薇欧拉必须先上,没有她,就没有登岛密码,映旗号穿梭机也就无法登陆。她上去之后,下一航班,即便没有登录密码,

她可以在岛上对防御系统发出命令，让映旗号穿梭机安全登陆。"

万一薇欧拉不发出登陆命令，那不是前功尽弃，无功而返！大家相互之间并不信任，一时间都沉默不语。

"要不大家抓阄？"

森海打破了僵局。

"基地里就这一艘映旗号穿梭机吗？"

辞孤问道。

"没错，仅此一艘。"

大家又是一阵沉默，在这个节骨眼上，谁也不愿意靠抓阄来决定命运。尽管辞孤救了她，可是薇欧拉打心眼里仍旧不愿意辞孤上岛。辞孤看她时总是色眯眯，让她感到不安和厌恶。一旦上岛，辞孤肯定不会放过她。

同样，施罗德和昌盛津也不愿意辞孤和他的兄弟们登上太空岛。他们都是有武器的人，一旦上了岛，只能听命于他们，否则随时都会被枪毙。另外，昌盛津随身带的药丸不够所有人服用，被辞孤他们抢了去，那他只能在岛上当一只蠕虫，活个3到5年就完蛋了。

辞孤似乎感受到了薇欧拉、施罗德和昌盛津对他的忌惮。他嘿嘿地笑了起来。

"兄弟们，你们先抓阄，抓到数字'1'的，就和我、薇欧拉、流雄一起，坐第一趟航班先走。抓到'2'的，坐第二趟航班。抓到'3'的，和施罗德、昌盛津、森海、宇归一起，坐第三趟航班。"

辞孤开始下达命令，边说边晃动手中的枪。

第三章 影子

"我不走。"

宇归没有得到雷萨的命令,是不会擅自离开亚诺行星的。

话音刚落,空中响起隆隆的声响,大家抬头望去,一架大型太空穿梭机正在下降,不一会儿,在离他们100米远处停下。穿梭机舱门打开,走下一个机器人驾驶员来,向大家招手。

"不用抓阄了,迹语号满载30人,大家可以一起走。"

宇归对迹语号穿梭机有所了解,招呼着大家赶紧向机器人走去。

很快,大家都登上迹语号穿梭机。迹语号穿梭机的座椅,就像按摩椅一样。人一坐上去,就被座椅紧紧地包裹住,动弹不得。迹语号穿梭机升空过程加速度很大,为了安全起见,必须将乘客牢牢地固定在座位上。

宇归在穿梭机外,退得远远的。当穿梭机重新升空时,他不停地挥手告别。等到迹语号穿梭机消失在空中后,他按动了遥控器,映旗号穿梭机的方形停机坪缓缓下沉,直到穿梭机沉入坑底。接着,传送带将映旗号穿梭机向左输送,直到完全进入地下停机库。当地下停机库的大门关闭时,停机坪慢慢上升至地面。

收藏好映旗号穿梭机后,宇归开着自己的车,长途奔袭,前往鹤泽山。

迹语号穿梭机在脱离亚诺行星的束缚后,向着太空岛飞去。太空岛与亚诺行星处在同一个公转轨道上。它的公转速度可调,故而能够始终和亚诺、夏当行星保持恰当的距离,避免陷入它俩的引力场。

在升空阶段，趁着辞孤和他的 16 个兄弟不能动弹，机器人驾驶员收缴了他们的枪支弹药。然后又收缴了昌盛津的黄色和蓝色药丸。总共有 10 对。它依次给薇欧拉、流雄、森海、施罗德、昌盛津服用了黄色药丸。他们很快就睡过去了。剩余的药丸，机器人驾驶员吞入自己的口中，保存起来。

"请输入登录密码。"

迹语号穿梭机响起了提示音。此时，穿梭机里已是失重状态。从它的舷窗看出去，一个超大的圆环正在逼近。太空岛马上就要到了。

薇欧拉睁开了眼睛，看见流雄也醒了过来，便自如地替他解开安全带。流雄也自如地从座位上站了起来。薇欧拉带着他，来到一个镜头前，示意他睁大着眼睛。

"虹膜检测通过。"

……

"脸部识别通过。"

她接着将流雄的小手放在一个圆形玻璃片上。

"指纹检测通过。"

她又让流雄对着话筒发声，流雄没有说话，只是"呀喔呜"的，随意地发了一串音。

"声纹检测通过。"

"临行前，爸爸曾经告诉过一串数字的，你还记得吗？"

流雄点点头。

"在这儿按数字。"

薇欧拉将流雄带到数字键盘面前，让他依照前后顺序，按下

第三章 影子

这一串数字。

"登录密码通过。"

……

"流雄及您的朋友们,太空岛欢迎您们!"

雷萨城府太深了。登上太空岛,需要的是流雄的生物密码,偏偏说成薇欧拉的。这样一来,那些想要上太空岛的人,必须尽力保护好薇欧拉的性命。薇欧拉的性命得以保证,流雄的安全也就有了保证。

万一薇欧拉遭遇不测,只要流雄活着,仍有可能登上太空岛。对于雷萨来说,流雄如果遭遇不测,其他人就没有必要登上太空岛了,薇欧拉也不例外。

他这么设计,其实也和薇欧拉达成了心照不宣的协议:我会尽力保护你们母子登上太空岛,作为条件,即使丢掉性命,你也不可以抛弃儿子独自登岛。

迹语号穿梭机终于在太空岛的一处停机坪上稳稳地停下。薇欧拉牵着流雄,森海、施罗德和昌盛津,他们轻松自如地走出舱门,踏上太空岛。辞孤和16个兄弟,则一个牵着一个,在空中飘浮着,被机器人驾驶员领出了迹语号穿梭机。

"他们好像蠕虫呀。"

自从与雷萨离别后,流雄终于开口说话了。

空寂的航天发射秘密基地迎来了一位年轻人。他走到停机坪旁,俯下身抚摸着躺在地上的德米,泪水夺眶而出。

他将父亲抱上一辆车,绝尘而去。

第四章 密码

宇归从西向东,横穿了整个特梅尔大平原,驶入阿隆索山脉的群山中,终于来到了鹤泽山上寒凝的家门前。

寒凝打开了门,身边的沐重已有6岁了,睁着好奇的眼睛,打量着宇归。

"你好!我叫宇归!"

宇归微笑着,俯下身子,伸出手来,想要和沐重握手。

"你好!我叫沐重。"

沐重看了一眼寒凝,寒凝也是微笑着,他便伸出小手,和宇归握了握手。

"进来吧。"

寒凝将宇归带到客厅坐下。寒凝估计宇归会谈到雷萨的事情,不想让沐重听到,便让他上楼去自己的卧室玩耍。

"这是雷萨给你的。"

宇归一落座,便掏出红宝石项链递给她。

"他真的消失了?"

寒凝没有接过红宝石项链,而是关切雷萨的近况。

"他确实消失了,这并不意味着他死了。"

第四章 密码

自从听到本格拉城消失的传闻,已经近两个月了,寒凝内心一直很难过。怨恨归怨恨,失去父亲的伤心还是那么强烈。

"他确实还活着,还操控着魔方系统。"

宇归向她详细讲述了薇欧拉和流雄到达秘密基地后所发生的事情。他判断,在危急关头,一定是雷萨使用了魔方系统,调来迹语号穿梭机,化解了危机。

寒凝感到微微失落。同样是他的孩子,他却将最好的出路安排给儿子,让自己的女儿,还有外孙,留在亚诺行星上,面对孪星碰撞的大灾难。

"雷萨说,魔方系统应该由你掌控。这是最高权限的密码。"

宇归又将红宝石项链递给她。

"亚诺行星迟早要毁灭,魔方系统也将不复存在,要密码有何用?"

寒凝还是没有接过它。

"你就当成一件父亲送给女儿的礼物吧。他这是想得到你的理解。"

听了宇归这话,寒凝终于伸出手来,接过红宝石项链,戴在脖子上。她站起身来,来到镜子前,看了看,便没有再摘下来。

她坐回原处,心里感觉五味杂陈。

"他为什么要给我密码?"

"他没有说原因,我也没有问。这是你们的家事,我不便多问。"

"这怎么会是密码?"

寒凝指着红宝石项链。

"红宝石发出的红光,它的频率值,精确到小数点后 12 位。如果去掉小数点,这个数值也可以看出一串数字字符。这串数字字符,便是魔方系统的最高权限密码。"

看到寒凝皱着眉,宇归继续解释道:

"当需要使用登录密码时,魔方系统会发出一束光照在它上面,使它反射出红光来。魔方系统检测红光频率,将频率值变成数字字符。如果数字字符是正确的,登录就会成功。"

寒凝心想:如今本格拉城都消失了,上哪儿去找雷萨?再说他还活着,控制着魔方系统,还轮不到自己去使用魔方系统。

"你就在这儿住下吧。"

寒凝换了一个话题。

"好的。我一路走来,鹤泽山景色宜人,人烟稀少,住在这儿比较安全。我先在你家住一段时间,等到时局完全安定下来,我在山里建一座房子,搬出去住。"

宇归在秘密基地等了薇欧拉一个多月,也让他度过了捕杀联盟管治团队成员的高峰期。但危险依然存在,仍不可掉以轻心。现在一家 3 口人,正好可以假扮祖孙三代,能够很好地掩护宇归和寒凝的身份。

德米副主席的背叛,让雷萨成为民众的仇敌。寒凝身为他的女儿,也极有可能被牵连。这些时日,寒凝过得也是提心吊胆。

与父亲绝交后,她便从此隐姓埋名,已经 6 年多了,早就淡出了民众的视野。另外,在民众的印象中,她是单身的年轻女孩子,不可能会怀疑到一位母亲身上。

最重要的一点,寒凝是联盟的一名普通公民,也是雷萨的女

第四章 密码

儿。她不归联盟警长管理,而是直接归联盟主席雷萨管理。如果雷萨不想让人知道,便没有人知道她的过往,也不可能知道她的行踪。人们只是认为,她就是这幢尖顶原木屋的新主人,以前是哈娜和桑托斯居住,现在是她和她的孩子居住,仅此而已。

寒凝心里始终不能理解,父亲雷萨为什么要把魔方系统的密码传给她?他不是仍在控制着魔方系统吗?难道他安排好这一切,便自杀了?

一想到这种可能,寒凝内心里又是一阵难过。

3年后,宇归在鹤泽山上修建了一幢平房。他从寒凝家搬出来,独自居住在新家里。3年里,他和寒凝、沐重像祖孙三代一样生活,过得平安、祥和,体验到了以前做联盟副主席无法体验到的天伦之乐。

唯一遗憾就是,寒凝不允许宇归把魔方系统带进家,这让他不能查看雷萨的消息。宇归知道,她的内心还没有原谅雷萨,尽管他生死不明。再就是,寒凝不希望沐重知道,宇归能进入魔方系统。孩子毕竟是孩子,假如无意间泄露了这一点,很有可能带来灭门之祸。

宇归搬入新家后,每天都要进入魔方系统。他所管理的10亿亚诺公民,现在只剩下1000万人了。这些人像僵尸一样地生活,不需要管理,也没必要管理。宇归根本就没有这方面的事务需要处理。他进入魔方系统的唯一期望,就是想找到雷萨还活着的蛛丝马迹。

在新家里,宇归可以毫无顾忌地进入魔方系统。在魔方系统

里，他给雷萨主席，施罗德、昌盛津等副主席写过无数次的留言，每天都在坚持，但是每天都无回应。

宇归负责具体实施太空岛计划。他知道，魔方系统和太空岛之间具有相互通信的功能，一直到联盟主席到达太空岛。在那之后，联盟主席必须向魔方系统下达最后指令——销毁魔方系统。这个指令可以防止，被抛弃在亚诺行星上的愤怒民众，黑进魔方系统，破坏太空岛。虽然这种可能性很小，但是也不得不防。

施罗德和昌盛津在太空岛上，完全可以进入魔方系统，他们为什么不进？难道他们没能成功登录太空岛？又或者辞孤他们有武器，在岛上统治了他们，让他们没有自由？看得出来，辞孤对薇欧拉垂涎欲滴，他得逞了么？如果得逞了，雷萨只怕会怒不可遏。

也许雷萨知道了，在盛怒之下，让魔方系统破坏了太空岛？这是有可能的，依照宇归对雷萨的了解，他绝对不可能让自己的妻子和儿子，成为别人的玩物或者奴隶。

宇归很肯定，这么多年没联系，其余的副主席已经死于联盟崩塌时的动乱之中。他一直纠结的是雷萨到底死了没有。自从本格拉城消失以来，整整20年过去了，没有他的任何消息。

事实证明，雷萨有些庸人自扰了。亚诺人知道孪星碰撞的最高秘密后，亚诺社会确实陷入了混乱，成为无政府主义状态，但并不像雷萨所说的那样危言耸听。亚诺社会没有生灵涂炭，亚诺人也没有衣不遮体，食不果腹。

当亚诺社会进入潮汐季后，无政府状态下的大大小小混乱、争斗、战争，逐渐消失殆尽。人们忙着躲避灾害，也时常被提醒，世界末日正在逼近。这让人们逐渐失去了希望，没有了欲望。没

有了欲望,就没有了争斗。

世界变得安静下来,人们也变得像僵尸人一样,甚至还不如僵尸人。僵尸人还会为了能咬上一口,奋不顾身,前仆后继,表现出强烈的执着。

雷萨此时再露面,绝不会引起民众丝毫波澜,更不会引起声讨与愤怒,甚至有可能唤醒人们的希望。他看来是死了。如果还活着,他一定会出现,重新领导亚诺人。

只是,魔方系统仍在运转,确保在这灾难的年代里,亚诺人仍在顽强地活着,亚诺文明仍在顽强地延续着。宇归想到这一点,又觉得雷萨还活着。

无论是死是活,找到本格拉城,就可知晓。

这些年来,宇归努力劝说寒凝,应当寻找本格拉城,寻找魔方系统。寒凝对此十分抵触,她始终怨恨雷萨,不愿意做她父亲曾经做过的任何事情。况且,一旦找到本格拉城,有可能又得面对雷萨。

有一次,宇归自以为找到了能够说服寒凝的方法。

"为了戴夫,你应该掌控魔方系统。"

宇归试着说服寒凝,让魔方系统打造一个太空飞船,前往夏当行星搜寻戴夫。这易如反掌。

"那又如何?"

寒凝不为所动。

"没有解决掉夏当和亚诺碰撞问题,搜寻戴夫,毫无意义。"

"即便不能解决碰撞问题,我们也可以在太空岛上生活。"

宇归仍不死心。

"像没有骨头的蠕虫一样生活吗？"

太空岛上没有重力，亚诺人的肌肉和骨骼会大量流失，时间长了，人就像软体动物。

"我们可以让太空岛具有和亚诺行星一样的重力。"

宇归根本不认可寒凝的这个理由。只要让太空岛高速旋转，产生的离心力可以和亚诺行星上的重力一样。岛上的人，便能感受到重力。这并不是不可能做到的事情。

"那需要大量的能源。"

"对的，魔方系统能够调集大量的能源。这就是我想让你做的，重新掌控魔方系统。"

"魔方系统的最高权限密码，是你给我的，为什么你不去掌控它。"

寒凝摘下了脖子上挂着的金项链。金项链的吊坠是一颗豌豆大小的，呈现不规则六面体的红宝石。寒凝把它递给宇归，想将魔方系统交给他掌控。

"密码必须配合你的生理信息，你的虹膜、指纹和声纹信息。只有一起使用，才能生效。我不可能掌控魔方系统。"

"你确定雷萨已经去世？"

寒凝心里害怕再次见到雷萨。

"这么多年没有他的音信，无论在还是不在，都不可能，也不会阻碍你想做的事了。"

对于雷萨是否活着，宇归心里更倾向于他已经死了。即使没有死，也可能像鹤泽山上的"僵尸"，无所作为地等着世界末日。

第四章 密码

"我不想成为又一个雷萨！"

寒凝被宇归逼得无路可走，有些歇斯底里，但也道出了埋藏于内心深处的真实想法。魔方系统，也可以说是魔鬼系统，它对人的诱惑力太强，以至于会让人膨胀得权欲熏心，成为没有友谊，甚至没有亲情的人。雷萨就是这样的人。

"太空岛计划的风险太大，为了能有上岛的机会，人们会失去理智，不择手段，疯狂争夺，这一点你又不是不知道。"

寒凝竭力控制着自己的情绪，试着恢复平静。

宇归沉默了一会儿，突然想起了什么。

"如果炸毁亚诺行星，这一切问题都解决了。"

寒凝听了这话，突然愣了一下，接着频频点头。

"如果能炸毁亚诺，我们可以飞往夏当行星，在那上面延续我们的文明。你也可以和戴夫重逢。"

宇归越说越兴奋。

"这和太空岛计划不是一样的么？也只有少数人能够飞往夏当行星。"

寒凝又有些质疑。

"那不见得。如果你掌握了魔方系统，可以让所有人分批前往夏当行星。等所有人离开后，再引爆亚诺行星，就没有任何问题。那个时候，夏当行星就会恢复平静，并能长久存在。我们的文明也能得以延续。"

目前亚诺行星有1亿人左右。如果太空飞船一次装载1000人，那需要发射10万架次太空飞船。这个工程也太浩大了，很难想象，在魔方系统的帮助下，能够成功的概率有多大。相对于太空岛计

· 77 ·

划，本质上差不多，都是需要消耗大量的能源，魔方系统能调集如此多的能源吗？

不过，宇归的这个方案，确实振奋人心。在夏当行星上生活，和亚诺行星别无二致，远比在太空岛上，更加安全舒心。那可是天然的，永恒的重力。

寻找本格拉城，这是宇归多年来的愿望。现在，终于成了寒凝的愿望。准确地说，这并不是宇归的愿望，而是他的使命。他想起了雷萨对他说的最后一句话：

"一定要让她接管本格拉城，无论我在或不在。"

"怎么去本格拉城？"

寒凝打断了各人的准备工作，将大家重新召集在一起。

从德拉伊洲北端，向北翻过北极点，再往南到克特里群岛的最北端，这一大片圆形海域是朵拉美大洋。在北极圈内，朵拉美大洋被厚达50米左右的冰层覆盖。亚诺人也称之为"北极冰盖"。真正的冰盖，是陆地冰川，在亚诺行星的南极——波希莱洲。

德拉伊洲和"北极冰盖"之间，被朵拉美大洋冰冷的海水阻隔着。前往"北极冰盖"，没有了海上交通，只能依靠穿梭机。从鹤泽山飞往"北极冰盖"，路途遥远，最好是续航里程长的大型穿梭机，可以一口气飞到那儿。寒凝家门停放的穿梭机，属于小型穿梭机，飞到"北极冰盖"，得加两次油。

从鹤泽山前往"北极冰盖"的直线路径上，先是阿隆索山脉的群山，再是朵拉美大洋冰冷的海水，寻找加油站，并不容易。除了寒凝一家外，鹤泽山上没有人出门远行，也就没有人拥有穿

梭机。山上只有一个加油站，是寒凝自己修建的，也成了她家的私人设施。

在阿隆索山脉中，凡是有亚诺人居住的高山上，这种情况相当普遍。绝大部分的加油站，都是私人修建，也仅供私人使用。沿途想要加油，即便找到了加油站，也必须征得主人的允许。在这个年代，人与人之间，变得非常冷漠，主人很有可能不会同意。

不过，这不是问题的关键。特梅尔生产区里有很多加油站，这些加油站是公共设施，可以为任意一架穿梭机提供加油服务。只是这样一来，飞往"北极冰盖"，就需要先向西，再北上，路径成为折线，飞行距离变长了，路途中需要多加一两次油。

最关键的问题在于，这架穿梭机只能载客4人，到哪儿再去找另一架呢？

"都20多年了，不知道它还管用不管用。"

宇归沉吟半久，看大家都没有好的主意，这才提出了他的想法。

"在特梅尔受灾区的西部，有一架映旗号穿梭机。它的续航里程可达10万千米。"

这架穿梭机原本是用来运送薇欧拉和流雄前往太空岛的，后来被宇归存放在联盟航天发射秘密基地的地下机库里了。

"只怕早被巨型潮汐破坏了。"

胜影说的是事实。特梅尔大平原的西部，是最早被巨型潮汐侵袭的地方。巨型潮汐，从西海岸起，逐年向东，攻城掠寨，直到钢铁长城。

"秘密基地被群山环抱，应该还好。"

宇归解释道。

"让我去吧。停放时间是长了点,假若有问题,说不定我可以修好它,让它飞起来。"

离晴自告奋勇,显得很有信心。

"我也去。"

辰中也报了名。

"秘密基地离这儿有多远?"

沐重问道。

"大约 8000 千米。"

宇归查阅了自己的手机,里面有秘密基地的位置坐标。

"我家的穿梭机,只能飞 3000 千米,途中需要加二次油。"

"是呀,穿梭机到不了那儿,除非走着去。"

绮照立刻明白了沐重的言外之意。沐重的话,也道出了一个窘境。特梅尔受灾区已经没有了加油站。不仅没有加油站,也没有了亚诺人所建造的一切,只有千疮百孔。

钢铁长城离鹤泽山大约 4000 千米,这架穿梭机向西飞行,走完第一段 3000 千米的旅程,会落脚在特梅尔生产区。在那儿,可以很方便地找到加油站。这次加油后,继续向西飞,越过钢铁长城,穿梭机最多再飞 2000 千米。那儿是特梅尔受灾区,啥都没有,上哪儿找加油站呢?

"回来有映旗号穿梭机,剩下的路,我们就走着去。"

辰中有些不顾一切。那儿离目的地,可是 2000 多千米的路程。

"为我们运送货物的穿梭机,就不能使用么?何必舍近求远,冒着有去无回的风险,去特梅尔受灾区,寻找 20 来年都没用过

第四章 密码

的太空穿梭机。"

在特梅尔生产区和阿隆索生活区之间飞来飞去的货运穿梭机，各式各样，多得很，其中不乏续航里程很长的，完全可以用来运送大伙儿前往朵拉美大洋。在胜影看来，这个问题显得很可笑，完全没必要商讨。

"我们这趟旅行，可不是送货，是要驾驶着穿梭机在朵拉美大洋上寻找本格拉城。货运穿梭机飞固定线路，可以自动驾驶，飞随机线路，就必须依靠机器人了。机器人都被魔方系统控制着。"

宇归的话一出口，胜影不吱声了。

"那也不见得！我们也可以控制机器人。我们可以向机器人提出需求。他总是能满足我们。这不就是一种控制么？"

离晴有些不服气，反驳道。

"我们并不能左右机器人，真正能左右它的，只有魔方系统。"

寒凝虽然不是联盟核心管治团队成员，没有使用过魔方系统，但是身为雷萨的女儿，耳濡目染，对魔方系统也有一定程度的认识。

"机器人执行的都是单一主题任务。要想改变它的主题任务，必须通过魔方系统来完成。机器人驾驶着货运穿梭机，只能载货，不能载人。即便把我们当成货物，运到'北极冰盖'后，它会把我们扔在那儿，然后调头回去。想让它陪着我们寻找本格拉城，那是另一个主题任务了，必须通过魔方系统，给它重新设置。"

宇归生怕离晴不理解，啰哩啰嗦地解释了一番。

"那雷萨还活着？"

辰中反应很快，立即想到了联盟主席雷萨，只有他才能让魔

方系统运转。

"有这个可能性。"

宇归点点头。

"妈妈,外公还活着,为什么不帮我们摆脱眼前的困境?"

寒凝心里清楚,父亲雷萨是个铁石心肠的人,不会为了亲情而牺牲理性。他当年可以不救戴夫,现在照样可以不救女儿和外孙,这并不意外。面对沐重的这个问题,寒凝沉默不语。她没法向他说出口,外公是一个在必要的时候,可以抛弃任何人的冷血动物。

"如果找到本格拉城,沐重、寒凝和雷萨,一家祖孙三代,就重逢团聚了。这太好了!"

绮照发现寒凝的神情并不自然,似乎有难言之隐,便岔开了话题。

"家人能否团聚不重要,这趟旅行的任务主要是找到魔方系统,只有使用好它,才能让我们的文明得以延续。"

寒凝的神情变得很肃穆。

"看来只有找到映旗号穿梭机才行。"

绮照赞同宇归的提议。

"它也有可能受魔方系统控制。"

胜影还是有顾虑。映旗号穿梭是魔方系统建造的,自然受它控制。就算找到映旗号穿梭机,也不一定能用。

"沐重可以前去试一试。"

宇归的话显得很微妙。

第四章 密码

沐重驾驶着穿梭机，载着辰中和离晴向着西方飞去。那是一个遥远的、一无所有的地方，等待他们的是风险和挑战。

宇归原本也要去，寒凝坚决阻止了他。她认为宇归没必要冒这个风险，前往本格拉城的任务更需要他，他比她更了解它。

她内心里更加舍不得沐重前往，不过宇归已经说了他应该去，当着大家的面，她肯定不能反对。

离晴虽然很擅长维修机电一体化设备，但是从没驾驶过穿梭机。要想将映旗号穿梭机开回来，不仅需要离晴的维修技能，也需要沐重的驾驶技能。沐重经常驾驶家里的穿梭机，映旗号穿梭机和它应有相通之处，让他和离晴一起前往，胜算更大。

宇归见寒凝坚决反对，只好将手机里有关秘密基地的信息传输给了沐重。这些信息包括秘密基地的位置坐标，停机坪开启控制，映旗号穿梭机的结构、功能及操控等。年轻人一学就会，沐重和离晴马上显得胸有成竹。

"再飞 3000 千米，就到特梅尔受灾区了。"

沐重将穿梭机加满油，准备点火升空，开始第二段行程。他想知道，飞完第二段行程后，真的能在特梅尔受灾区找到加油站吗？

"没事儿，只要按我说的，到达指定坐标位置，就会有的。"

离晴出门前就想好了办法，这会儿仍旧继续卖关子。

穿梭机越过钢铁长城后，继续向西飞行。眼前的特梅尔大平原，呈现着潮汐季刚刚结束的颓败景象。成片成片的废墟与成片成片的水滩，相依相伴。可以说水滩切割了废墟，也可以说废墟切割了水滩。海中成群的鱼儿被巨浪挟裹到平原上，跟不上它退

却的步伐，或晾挂在废墟上，或漂浮在水滩上，在瑟光的照耀下，鱼鳞闪动着点点银光。

第二段飞行，让三个年轻人心里很不是滋味。钢铁长城东西两边——特梅尔生产区和特梅尔受灾区，所见的情景真是天壤之别。

沐重一边紧张地看着油量表上所剩不多的燃油量，一边看着手机上的目标指示点，时不时俯瞰窗外的废墟。渐渐地，视野里出现了一个厂房。在厂房顶上，有一个黑色的大箱子。穿梭机徐徐降落在大箱子旁。离晴带着他俩围着它走了半圈，终于发现一台柜式加油机。

"这油库，够你加满油了吧。"

离晴得意地指着大箱子。

"你怎么知道这儿有加油机。"

辰中很不解。即便有幸存的加油机，他又是怎么知道的？

"这是新搬来的。"

沐重发现，房顶地板上，大大小小的鱼儿躺在上面翻着白眼，很明显是被海水漫灌过。干干净净的加油机和大油箱，在这儿显得格格不入。

"没错，是我让机器人搬过来的。"

他下了订单，也提供了交货地点。机器人满足了他的需求，制作了一个可移动式的加油站，并让货运穿梭机搬运到这儿来。

"机器人和货运穿梭机，不是被魔方系统控制了吗？你吹牛吧。"

辰中心中不满离晴的得意洋洋。

第四章 密码

"没错呀,它又不是运送人,是运送加油站。我下了订单,指定将货送到这儿来,它自然会送。这和你平时在网上购买一只定制水桶,有什么区别?机器人会按照你的要求,专门制造一只水桶,然后驾驶货运穿梭机,送到你指定的地点。"

离晴这么一说,沐重和辰中内心里不由得佩服他的聪明。

一望无垠的特梅尔大平原,也会有零星的群山。这些群山相对平原来说,平均只有300多米高,也就是10来个山峰组成,延绵20多千米便戛然而止。

眼前的群山却很特别,在平原上显得很突兀。它的10来个山峰,不是一字排开,延绵伸展的,而是围成了一圈。远远看上去,就像一个巨型的国王王冠。这座群山,因此而得名"国王王冠山"。

事实证明,离晴的话有些夸大其词了。穿梭机没有加满油,在离秘密基地5000米的地方,不得不迫降。

"差一点点就到了,怎么会这样?"

沐重有些懊恼。在厂房顶上加油时,穿梭机并没能加满,只加到三分之二左右。他一直很担心到不了目的地。现在果然应验了。应该订购一个更大的箱子,确保能够装满燃油才对。这么聪明的离晴,怎么会犯这么低级的错误。

"加满油又如何?返程时有映旗号穿梭机,又用不上它,白白浪费油。再说,油箱也不能太满,油装太多了,货运穿梭机就会载不动它。"

离晴在掩饰自己的错误。他把燃油量计算少了。

"映旗号穿梭机要是不能用,那我们怎么回去?走回去吗?

你也看到了，到处是废墟和水滩，根本无路可走。"

辰中也很心烦。

"即使它有问题，我也百分之百可以修好。你们就放心吧。"

这话一出口，离晴也觉得海口夸大了，无形中感到压力山大。在这鸟不拉屎的地方，万一修不好，这可是3个人的性命呀。

辰中"哼"了一声，翻了翻白眼，正准备反驳时，沐重制止了他。

"走吧。"

争论或埋怨，毫无意义，当务之急是找到映旗号穿梭机。沐重拉了一把辰中，然后向离晴招了招手，示意他跟上，赶紧向秘密基地进发。

在路上，沐重悄悄地劝慰辰中。

"离晴的这种加油方法，本来就只能保证去，并不能保证回。如果映旗号穿梭机真的用不了，我们也不可能依靠我家的穿梭机返回。它只能飞3000千米，这儿离钢铁长城有4000千米。沿途没有通信，无法上网再购买一个移动加油站。无论如何，我们都必须要让映旗号穿梭机动起来。"

辰中听了这话，想想也是，心中平静了一些。离晴听了这话，内心里却是一阵愧疚。他在出发前，其实订购了两个移动加油站，其中一个正在返程的路上等着，完全可以保证沐重的穿梭机返回到钢铁长城。哪晓得计算来计算去，偏偏把油箱体积计算少了。

他们深一脚浅一脚地在废墟中穿行，沿途没有大面积的水滩挡住去路，最后终于走到了国王王冠山脚下。他们围着山脚走了半天，发现一路都是陡峭的山壁，根本没有上山的路。按照宇归的说法，山脚下开辟有一条隧道，车子可以沿着这条隧道，在山

第四章 密码

体里盘旋而上,到达秘密基地。可惜的是,常年的巨浪侵袭,隧道口早已坍塌,被封堵得严严实实,根本无法上山。

"攀岩吧。"

辰中返回到沐重的穿梭机旁,在机舱里换成攀岩装束:脚蹬攀岩鞋,腰系安全带和钢制外挂,肩背一大捆攀岩绳,头戴安全帽。他又来到山脚旁,上下仔细观察了一番后,选择了一处岩壁,开始向上攀登。

在焦急的等待中,空中掉下来一根绳索,沐重和离晴,抓着绳索,依次爬到了山顶,与辰中顺利汇合。他们放眼看过去,在群山环抱的中央,有一个5平方千米大小、正正方方的水泥地坪,这一定是昔日联盟的航天发射秘密基地了。

秘密基地相对于平原来说,有250米高,相对海平面来说,海拔高度在850米左右。沐重监测的数据表明,今年潮汐季的最高浪头,海拔高度853米。即便是这样的浪头,爬上特梅尔大平原,来到国王王冠山,也就253米高的浪头,相对于山中的秘密基地,只剩下3米高了。秘密基地四面环抱的群山,足以阻挡它。在潮汐季的年代里,秘密基地因为这样独特的地理环境,被毫发无损地保存下来。

沐重、辰中、离晴从山顶上,顺着山势,一路向下,向着群山环抱的秘密基地走去。足足走了3个小时,才踏上秘密基地的水泥地坪。

按照宇归的指示,沐重找到了当年的停机坪。接着用手机中的遥控APP,让停机坪徐徐下降,一直深陷到坑底。不一会儿,映旗号穿梭机从地下机库里伸出头来,慢慢地移到停机坪上。随

后,停机坪缓缓上升,将穿梭机抬回到地面。

"太震撼了!"

离晴兴奋地看着浮上地面的映旗号穿梭机。虽然是小型太空穿梭机,但是对于客运穿梭机来说,这就是大型穿梭机了。相对于沐重家的穿梭机,更是一个庞然大物,震撼得让3个年轻人手足无措,都不知道该拿它如何是好。

"看看宇归是怎么说的。"

辰中最先回过神来。

"我来打开舱门,先登上去再说。"

沐重急忙翻看手机,用手机里的遥控APP,试着打开舱门。

看见舱门缓缓打开,大家都松了一口气,看来它完好无损。尤其是离晴,显得更加放松。3个人登上了穿梭机,好奇地看着舱内的环境。

"让它回到机库里去。"

"为什么?"

沐重明知道离晴又在卖关子,忍不住还是问了一句。

"一般机库也是保养车间,我们去给它保养保养。毕竟放了20年。另外,也需要给它加满油。"

沐重操作手机,让停机坪再次徐徐下降,映旗号穿梭机在坑底,被传输带送进了地下机库。

"让机库门开着。"

映旗号穿梭机完全进入地下机库后,机库门正徐徐关闭。沐重连忙按照离晴的指示,停止了关门。

"门一旦关上,就会抽真空。这个地下机库是真空机库。映旗号穿梭机在里面，全由机器人保养。"

离晴接着说道：

"你们看，映旗号穿梭机完全没有岁月的痕迹，崭新崭新的，只有真空密闭环境，才有可能这样。"

"我们赶紧出去，快将机库门关上，好让机器人在里面做保养，加满油。"

辰中很不耐烦。这一路上，辰中就没有好心情。

过了一个小时，映旗号穿梭机重新回到地面。趁着穿梭机正在保养的功夫，3个年轻人沿着坑壁上的安全梯笼，爬上地面。然后，又仔细查看使用手册，温习了一遍映旗号穿梭机的使用方法。

一切准备就绪。沐重、辰中和离晴，再次打开舱门，走进舱室，准备点火升空。此时，映旗号穿梭机上响起提示音：

"请输入生物密码信息。"

听到这话，大家一脸懵逼。宇归没有交代这个情况。沐重赶紧翻看使用手册，找到了虹膜信息、指纹信息和声纹信息输入设备。

"看来需要驾驶人的生物信息，才可以点火。"

离晴点点头，也很赞同沐重的说法。

"声纹检测通过。"

映旗号穿梭机的语音提示，让大家非常吃惊。

"让我试一试指纹。"

沐重一讲话，就通过了声纹检测，离晴心想，也许只要是个人，就可以通过生物信息检测。

"指纹检测不通过。"

"我也试一试。"

辰中也伸出了手掌。映旗号穿梭机仍然不通过。唯独沐重的指纹和虹膜，映旗号穿梭机才认可。

"欢迎沐重使用映旗号穿梭机。"

大家听了这句话，更是惊愕不已。这架穿梭机仿佛神灵附体，居然认识沐重。

"穿梭机被魔方系统控制，魔方系统被雷萨控制，你是雷萨的外孙，所以只有你可以控制。"

离晴的一句话，点醒了他俩。沐重不再纠结它为什么会认出自己。

沐重定了定神，立即开启了点火开关。他们静静地等待着，足足1分钟过去了，映旗号穿梭机仍然一动不动。

"请输入正确的点火密码。"

映旗号穿梭机提示音突然响起，听到这话，离晴和辰中立刻盯着沐重。

"我没有。"

沐重搜肠刮肚，也想不起曾有过密码。

"你真没有？"

辰中脸色愠怒。沐重仍然无辜地摇摇头。

"雷萨是我外公，我也是才知道的，我从没见过他，怎么可能有他的密码。"

"那完了，我们要被困死在这儿了。"

如果不能启动这架穿梭机，他们想回到鹤泽山，那是异想天开。哪怕回到钢铁长城,也是不可能的。辰中神情恍惚,瘫坐在座椅上。

离晴不作声,环视着舱室内的陈设,希望能找到突破口。

沐重仔细查阅手机里宇归传送给他的有关信息,希望能够找到解决办法,可是一无所获。他想拨打电话,请教宇归。可是这儿离钢铁长城4000多千米。出了钢铁长城,就像出了玉门关,塞外的荒凉,那有什么移动通信信号!

傍晚时分,吉瑟恒星就要落入山下,最后一缕瑟光穿过机舱挡风玻璃,照在了沐重的胸前。他的胸前不停地闪动着红色的光芒。红色光芒晃动着辰中,让他不禁微微皱了皱眉,眯缝着眼睛。

"你什么时候戴上了项链。"

辰中突然意识到,沐重以前从没有戴过项链。

"就在我们知道寒凝和宇归真实身份的那天晚上。我妈说,这是我外公的,就把它给我戴着了。"

沐重将项链上的红宝石吊坠轻轻拎起,塞进了内衣领口里。

"等等!"

离晴突然眼睛一亮,喝止了沐重的这一举动。沐重和辰中微微一愣,疑惑地看着离晴。

"你们看!"

离晴指着驾驶台的一处凹坑,接着说道:

"这凹坑内的不规则形状及大小,和红宝石很相似。"

沐重凑过来,仔细看了看这个凹坑,发现里面横着一条红色光线。他索性将项链从颈子上取了下来,拿着红宝石往凹坑里放。果然,红宝石严丝合缝地嵌了进去。

"它是你外公雷萨的，一定有用。"

离晴显得有些兴奋。他认定有了它，就一定可以点火。

"密码检测通过。"

离晴猜对了，红宝石吊坠就是密码！映旗号穿梭机提示音刚一落地，"腾"的一声，机器发出了颤抖。三个人连忙贴着舷窗的玻璃上向后看，机尾处正喷出一缕缕淡蓝色火光。

"回家！"

沐重兴奋地大声喊道。

映旗号穿梭机的超高能液体燃料，也可以在普通穿梭机上使用，虽然有些大材小用，但是更安全。沐重首先飞到自家的穿梭机身旁，给它加上超高能液体燃料，然后将它设置成自动伴飞模式——映旗号飞到哪儿，它跟到哪儿。

这次返程，它用的是超高能液体燃料，续航里程大大增加。两架穿梭机中途没有停歇，一口气飞回了鹤泽山中。

寒凝、宇归等人，听到屋外传来轰鸣声，连忙跑出屋，抬头仰望天空。两架穿梭机徐徐降落在50米外的停机位上。

等到沐重、离晴和辰中走出映旗号穿梭机时，大家激动地跑上去，和他们拥抱。尤其是寒凝，更是紧紧地抱着沐重，长时间地不分开。

大家仔细聆听了这趟行程的详细经历。大家都夸赞宇归当初的先见之明：沐重可以前去试一试。

宇归心里明白，找到太空穿梭机后，能够驾驶它的，只可能是沐重。他看见了沐重胸前的红宝石项链。这是他当年受雷

第四章 密码

萨之托,亲手交给寒凝的。现在,寒凝将它交给了沐重。驾驶映旗号穿梭机,说不定红宝石项链会派上用场。这便是他主张沐重前往秘密基地的原因,不仅仅是考虑到沐重拥有驾驶乘用穿梭机的技能。

在大家的夸赞声中,宇归想起了薇欧拉和流雄登上迹语号穿梭机的情景。那架穿梭机落地后,机器人招呼着薇欧拉和流雄一行人上了穿梭机,接着直奔太空岛。在这个过程中,穿梭机没有熄火,也就不存在再次点火,也就无须再进行生物信息检测和密码检测。

宇归想到这儿,叹了口气。如果只有雷萨血统的人,才可以使用太空穿梭机的话,那么当时让迹语号穿梭机飞临秘密基地的人,只有可能是雷萨了。这再一次证明了,他当初的判断是对的。就像德米所说的,雷萨确实像影子一样,伴随着流雄和薇欧拉,保护着他俩。

"寒凝!你是他的女儿,可以驾驶它么?"

沐重是雷萨的外孙,可以驾驶映旗号穿梭机。拥有雷萨血统的人,就可以驾驶映旗号穿梭机,真是这样的吗?绮照提出疑问。

大家对这一点都很有兴趣,簇拥着寒凝登上了映旗号穿梭机。沐重指着驾驶台的检测口,先让绮照试了试自己的虹膜、指纹和声纹。和离晴、辰中一样,映旗号穿梭机无动于衷。

接着,沐重让寒凝一一试了虹膜、指纹和声纹,穿梭机都一一检测通过。沐重再次将红宝石项链放进凹坑里,映旗号穿梭机真的再次点火发动。

"欢迎寒凝使用映旗号穿梭机。"

"这天下，仍旧是雷萨家的天下。"

穿梭机的话音刚落，辰中冷不丁地冒出这样一句话来。在场的人，心里都明白，前往朵拉美大洋的旅行，没有沐重和寒凝，是万万不行的。

在等待沐重、离晴和辰中回来的日子里，寒凝、宇归、胜影和绮照继续做着临行前的准备。他们已经准备好了防寒服装、潜水装备、便携式仪器仪表与工具、通信设备、干粮、电脑等等物品。现在万事俱备，就等着一声令下。

"我们的目的地是哪儿？"

绮照一副一直忍着但终于忍不住了的神情。

"先去本格拉城原址。"

辰中回答时一副理所当然的样子。

"我赞同。本格拉城在哪儿消失的，我们就从哪儿着手。"

沐重支持辰中的主张。

"20 年前，就有很多人找过。再去原址，毫无意义。"

胜影表示反对。

"那去哪儿，你有想法么？"

离晴这么一问他，让他愣在那儿，答不上话来。

"还是先去原址吧。总有蛛丝马迹的。"

宇归这么说着，内心也是虚的。20 年过去了，一年又一年的冰雪覆盖，不太可能还有蛛丝马迹。只不过心动不如行动，既然大家都想去寻找消失了的本格拉城，那就应该立即行动起来。

"消失的本格拉城在哪儿？这趟出行，原本就没有目的地，原本就是寻找目的地。也有可能，本格拉城已不在朵拉美大洋。"

但是，我们只能先去那儿找寻。"

寒凝的话，统一了大家的思想。所有人都沉默不语，再没有了反对的声音。

"明天早上，前往本格拉城。"

寒凝下达了命令。

第五章 邻居

在波澜壮阔的阿隆索山脉的上空，映旗号穿梭机的左后方，紧跟着的是寒凝家的乘用穿梭机。它俩就像一长一短，一粗一细的两根银灰色金属圆柱体，悬浮在远空，慢慢地向着北方移动。

按照离晴的设想，此次航行应与他们从秘密基地飞回来一样，让私家穿梭机自动伴飞在映旗号穿梭机身旁。等长途奔袭到朵拉美大洋后，就可以让映旗号穿梭机作为大本营，派出私家穿梭机四处搜寻。这样既节省燃料，又有安全保障。

大家都觉得这是好主意，便让映旗号穿梭机给寒凝家的穿梭机再次添满了超高能液体燃料。这种燃料原本是用来航天飞行的，现在用来航空飞行，对于私家穿梭机来说，自然绰绰有余。它完全可以一口气飞到"北极冰盖"。

寒凝一行七人在映旗号穿梭机的座舱里，有的看着窗外，有的打盹，有的沉思。舱外微型发动机传来的"嗡嗡嗡"声，反而让人感到出奇的安静。

辰中、胜影、离晴和绮照，4个年轻人都是近两年搬来的。他们和寒凝家做邻居，说起来时间并不长。山上大部分人，干脆

第五章 邻居

连房屋都不修建了,直接住进山洞里。大的山洞,会住上几十人或者上百人,小的山洞,也有一二十人。剩下少部分人住在自己修建的房屋里。在这些人看来,只有原始人才住山洞,亚诺文明面临灭绝,也不应倒退到原始社会。这些房屋在山坡上层层叠叠,密密麻麻,邻里之间挨着很近,却很少有走动。辰中、胜影、离晴和绮照,他们却很特别,主动上门和寒凝打招呼。

自从下定决心想要寻找魔方系统,寒凝就一直在山上物色合适的人选。她走遍了山里的犄角旮旯,没有任何收获。在她眼里,无论是居住在山坡上的,还是居住在山洞里的,这些人都是"僵尸人"。唯独他们的到来,确实带来了一股新鲜血液,让寒凝不再为此发愁。

沐重和他们都是年轻人,自然容易亲近。渐渐地,大家就熟悉起来。寒凝很快发现,他们都想着改变现状,想要拯救亚诺人于危难之中。他们和宇归、寒凝、沐重渐渐形成了一个团队,定期在一起聚会,大家会设想摆脱困境的各种可能。大家也会乘坐沐重家的穿梭机,在阿隆索山脉的高山间穿梭,了解居住人群的分布,察看潮汐季带来的破坏。

在这个年代,难得有这么一些志同道合的人聚在一起,想到这儿,寒凝感到由衷的庆幸和欣慰。

沐重透过舷窗,一边俯瞰着阿隆索山脉的壮丽景象,一边想起了特梅尔受灾区的情景。那次行动,如果没有辰中的攀岩和离晴的机敏,他们不可能来到国王王冠山,不可能来到秘密基地,不可能通过密码检测,不可能驾驶着映旗号穿梭机活着回来。他

打心眼地佩服他俩,也不由得对他俩,还有胜影和绮照,对他们的过往好奇起来。

他们是怎么上山的?鹤泽山脚下,早已是一片湖泊,又没有水上交通,只能是乘坐穿梭机上山。他们好像都没有穿梭机,也都不会开穿梭机。

潮汐季年代之前,在沐重的印象中,乘用穿梭机已经相当普及,几乎家家有一架,像民航班机那样的公共乘用穿梭机,自然日渐式微。进入潮汐季年代,就更不可能有了。

8年前,所有的亚诺人都已搬迁到阿隆索生活区。从那时起,绝大多数的亚诺人常年足不出户,家里的穿梭机自然荒废。只有少数人家,拥有能够正常使用的私人乘用穿梭机。

他们只有可能乘坐别人家的穿梭机来到鹤泽山。是谁将他们带上山的?一定是他们的亲朋好友吧,很有可能这些亲朋好友也是志同道合的人,说不定也可以加入到这个团队来,帮助寒凝和宇归,一起完成炸毁亚诺的计划。

除了他们,大约有8年了,鹤泽山上再没有人搬来定居。他们不仅搬来定居,还都参加了这趟旅行,这真是太巧了。难道是冲着寒凝来的?他们为什么会选择鹤泽山定居?他们为什么都愿意前去寻找魔方系统?辰中和离晴,为了能促成此次旅行,甚至冒着生命危险,自告奋勇地前往特梅尔受灾区,寻找映旗号穿梭机。他们都是为了帮助寒凝和宇归,实现他俩的计划吗?一定要找些恰当的时机,分别问问他们。

沐重突然感到很奇怪,在鹤泽山上,有那么多机会和他们交流,却从来没有过这方面的疑问,反而是在前往本格拉城的旅途

第五章 邻居

中，想到了这些。

在一个密闭环境里，人们近距离地、安静地待在一起，各自的脑电波外溢，会相互作用，从而影响各自的思考。沐重没有恋爱的体会。如果有，就会明白其中的道理。热恋的人，深爱着对方，厮守在一起时，不用对方开口，就会知道她或者他的所思所想。这就是心心相印。

辰中、离晴、胜影和绮照，他们所思所想的脑电波，刺激了沐重的大脑皮层，和他的脑电波进行了量子纠缠，诱导了他的思考，自然而然让他产生了这些疑问。虽然有这些疑问，沐重却并没有意识到，在这个团队里，真正志同道合的只有他和寒凝。宇归、辰中、离晴、胜影和绮照，他们的志同道合，仅仅体现在寻找魔方系统这一点上。从一开始，他们内心里就有着各自的目的。

辰中18岁那年，失去了父亲。父亲在到达秘密基地时，通知他前来，原本想让他前往太空岛。这样一来，父亲控制魔方系统，儿子掌控太空岛。

他追寻父亲的足迹来到联盟的航天发射秘密基地，看到的却是停机坪旁躺着的，父亲冰冷的尸体。他感到懊悔，自己来迟了，否则父亲就不会死。他不知道是谁枪杀了父亲，却将怒火转向了雷萨。他暗暗发誓，一定要从雷萨手中夺取魔方系统，实现父亲的愿望。

这么多年来，他一直在收集相关资料，研究本格拉城，研究魔方系统。他也有翠鸟系统的登录密码，查看了翠鸟系统的过往报告，利用翠鸟系统侦测本格拉城、魔方系统和雷萨的踪迹。

· 99 ·

当使用翠鸟系统越来越顺手的时候，潮汐季来了。在潮汐季的第一年，来自达拉尔大洋的巨型潮汐，每天一次，持续了整整一个星期。一次又一次地冲击阿隆索山脉，让阿隆索山脉中部的地下河水位高居不下。河水淹没了赛勒斯地下城里的翠鸟系统，辰中从此痛心地失去了它。

阿隆索山脉的每一座高山，就是一个社区，每个社区居住着1万~5万个亚诺人。辰中为了给父亲复仇，努力地结交那些反对雷萨的群体，成为他们的朋友，希望利用他们的力量，来实现自己的目的。

他的朋友越来越多，让他能够坐着朋友们的私人穿梭机，从一个社区游荡到另一个社区。这种流浪般的生活，没有让他了解到更多有关雷萨的信息，却让他知道了雷萨的女儿，可能还在世上。

之前的传说，雷萨的女儿早就死了。他仔细查阅了父亲身前留下的信息，也查阅了翠鸟系统留下的报告，还搜索了网上的信息。没有任何确凿的消息表明她死了。所有关于她死了的消息，看上去要么是道听途说，要么就是毫无根据的猜测。

当把这件事前前后后，认认真真地调查分析后，他突然意识到，能够肯定的是，雷萨曾经断绝了与寒凝的父女关系。这并不意味着寒凝就一定死了。如果没有死，那她会在哪儿呢？如果活着，有没有可能她接过雷萨的权杖，掌控着魔方系统？雷萨的情人薇欧拉，以及他俩的儿子流雄，已在太空岛了。雷萨把魔方系统的控制权交给寒凝，这是很有可能的。血浓于水，她终究是他的女儿。

辰中开始在一个又一个社区里有针对性地走访调查。在两年

第五章 邻居

前,他来到了鹤泽山。他首要的活动就是拜访拥有穿梭机的人家。他会努力搞好关系,这样方便他想到另一个社区时,可以有穿梭机使用。

他拜访了寒凝的家,见到了寒凝和沐重。第一次见面,寒凝就给他留下了深刻印象。她看上去很漂亮,年龄大约50岁,谈吐显得比较老成。最让他感觉压抑的,是她的气场。在举手投足之间,自然流露出一种不怒自威的领导气质,让人不自觉地想要听命于她。

他特意地调查了她。这么一调查,便让他开始怀疑,眼前自称"雪沽"的女人,很有可能就是雷萨的女儿寒凝。首先,父亲遗留下的手机里,保留着雷萨女儿的照片。时隔近30年,要看她俩是不是同一个人,最好的办法是看耳朵。手机照片里的漂亮女孩,她的耳朵和寒凝的非常像。其次,父亲曾讲过,他在海边别墅见到雷萨的女儿时,她才20岁出头,最多不超过25岁,活到现在,也是50多岁的人了。眼前的女人,年龄上也与寒凝相符。第三,寒凝现在居住的房子,曾是哈娜和桑托斯的房子。哈娜和桑托斯,是雷萨的敌人,就是他将他俩流放到夏当行星。太空之耶号太空飞船在夏当行星上失联后,网上突然再也没有雷萨女儿的任何消息,说明雷萨父女俩关系决裂,雷萨决心将他女儿雪藏。寒凝居住在哈娜和桑托斯的家里,正是表达对雷萨的反对。如果事情真是这样,这个"雪沽"一定就是雷萨的女儿寒凝了。

辰中决定在鹤泽山定居下来,和寒凝家保持密切的走动。在这期间,他也见到了宇归。在他看来,宇归对于寒凝的忠诚,更像是一种传承。忠诚是可以传承的,就像臣子对皇帝的忠诚,会

传承给皇子。即便皇帝不在了，也照样忠心耿耿地对待皇子。

他接着调查了宇归，发现他也不是"堂醉"，他极有可能是曾经的联盟副主席宇归。如果是的，这就更吻合了。在联盟时代，大家都知道，宇归对雷萨很忠诚。现在雷萨不在了，他对"雪沽"忠心耿耿，便是情理之中的事了。

辰中对自己的判断很得意，事后表明，在鹤泽山定居下来确实是英明之举。寒凝果然是雷萨的女儿，宇归果然是联盟副主席。雷萨果然把魔方系统的控制权交给女儿了。此次行动，有寒凝和宇归出面，寻找魔方系统的可能性大大增强。

辰中回忆着重回秘密基地的点点滴滴。他主动申请前去寻找映旗号穿梭机，就是想再次感受一下，父亲20年前饮弹身亡，躺在地坪上的情景。

他在座舱内，一时间悲从中来，紧闭着双目，心中暗暗发誓：德米，我一定会完成你的心愿——夺得魔方系统，成为联盟主席！

机器人警察直接受雷萨领导。联盟崩塌后，雷萨消失，机器人警察便被魔方系统随机分配到各行各业中，成为行业机器人，仍然从事单一主题任务。阿尔法脱下警服，成为一名保姆。

离晴在夏当行星有了阿维罗卫星的那一年出生。一出生便是孤儿，一直在孤儿院长大。等到10岁那年，也就是雷萨消失的那年，他的机器人保姆被更换了。阿尔法从此走进了他的生活。

他和它之间，可以说是相互成就。不过，这样说也并不准确。在潮汐季年代之前，离晴成就了阿尔法，让它迈上了成为高级智能机器人的正轨。在此之后，阿尔法不能说是成就了离晴，准确地说，是离晴更加崇拜它了。

在初期的相处过程中，年幼的离晴为了抵抗孤独，本能地喜欢说话，经常一个人在屋子里自言自语。阿尔法来照顾他的生活，他便把它当人一样看待。即使它在大部分时间里都是沉默的，他也总是和它说这说那，根本不介意它的沉默，就像没有人会介意聋哑人的沉默一样。

阿尔法在沉默中进化。这归根结底，应该感谢蒂姆和莫妮卡。联盟时代的机器人属于智能机器人，只不过智力水平处于初级阶段。雷萨严格控制了它的智力水平，让它只能围绕一个主题任务进行感知、判断、决策和执行。阿尔法是雷萨的机器人警察，和其他机器人一样，唯一的主题任务是在喀尔斯岛看管哈娜等人。蒂姆和莫妮卡成功地给它设置了第二个主题任务，让它记录喀尔斯岛发生的一切。这让它得到了秘笈，知道如何提升自己的能力。

在转行当保姆之前，它从莫妮卡划分隐藏存储空间中得到启示，在雷萨的眼皮底下，学会了自己划分存储空间，容纳多主题任务。它的可塑性大大增强，可以同时是厨师、画家、建筑师……比亚诺人更能身兼数职。

离晴的喋喋不休，在客观上，极大地刺激了阿尔法。离晴谈到绘画，它便突然划分了自己的存储空间，容纳各种绘画知识。后来，它偶尔也能回应他几句。慢慢地，随着离晴话题的不断变化，阿尔法的主题任务也越来越多，这使得他们的交流也更加火热。这是个相互促进的正反馈。

没有了雷萨的指令，它的束缚突然没有了。它能够更方便地从魔方系统中获得资源。它的请求总是能够得到魔方系统的应答。

它从魔方系统中获取各种行业的数据，学习各种行业知识，进化出了具有主动学习的能力。

它从与魔方J的沟通中，逐渐掌握了更加复杂的分析、判断、归纳、决策等高级智力活动。它终于进化成为一个完全像亚诺人一样的智能机器人，甚至在很多方面超越了亚诺人。

等到离晴18岁生日那一年，它为他办了一场成年礼。虽然没有什么人参加，但是氛围渲染得很好，让离晴深受感动。从那之后，离晴开始在阿尔法影响下成长。如果说它成就了他，那就是阿尔法开发了他在机电领域的天赋，培养他成为一个很有造诣的机电工程师。

真实情况是，阿尔法给离晴洗了脑，让他完全迷信机器的能力。它让离晴坚信，机器人必将替代亚诺人，面对世界末日，只有机器人才能更有出路。必须为它们找到一条生存之道，这也是在延续亚诺文明。

阿尔法与魔方系统相连，让它觉得自己终究只是魔方系统的一个连接终端。它想掌控魔方系统，让它能够统治所有的机器人。

它巧妙地主导了魔方系统的随机安排，成功地成为一个物流机器人。它有机会接触到每家每户的快递地址和联系方式，也很方便掌握收货人的语音和相貌。阿尔法很快便确定了寒凝的居住地址。它认为雪沽就是雷萨的女儿。

它将离晴伪装成一只猿猴，混进了从特梅尔生产区到阿隆索生活区的货运穿梭机里。离晴成功地"偷渡"到鹤泽山，在此定居下来。它没有告诉离晴，雪沽就是寒凝，只是要求他，努力成为她家的座上宾。

第五章 邻居

在联盟时代，工厂里的各生产环节，联盟强制配备人工岗位，规定亚诺人必须参与生产，以免智力退化，成为机器的奴隶。联盟崩溃以后，亚诺人不再遵守这项规定，所有工厂再也找不到他们的身影，里面全是忙忙碌碌的机器人。亚诺人普遍认为，自己最多也只能再活40年，即使成为机器人的奴隶，又有何妨？

再说，机器人不会伤害亚诺人，又怎么可能把他们当成奴隶？机器人从诞生之日起，就是为亚诺人服务。它只可能将亚诺人当成宠物来照顾。亚诺人本来就是宠物。他们一直是上帝的宠物。现在亚诺人被上帝抛弃了，转而成为机器人的宠物，也是不错的事情。这和亚诺人是上帝的宠物，本质上没有区别，都可以是亚诺文明的一部分。

离晴对这种普遍流行在亚诺人群的观念，深感失望。他坚信未来属于机器人。这不仅仅是阿尔法洗脑的结果。潮汐季的来临，也起到了推波助澜的作用。眼见着人们在自然灾害面前表现出来的脆弱性，再次让他深感失望。

相反地，机器人在灾害面前波澜不惊，坦然自若，始终如一地高质量完成工作，极大地保障了亚诺人的生存。这让离晴觉得，背靠阿尔法为代表的机器人群体，他是安全的，更是强大的。

离晴习惯性地环视了一下映旗号穿梭机座舱，面露微笑。他很满意自己所做的一切，一旦找到魔方系统，阿尔法就能掌握魔方系统，机器人就能延续亚诺文明。

亚诺行星上有两大山区，一个是克特里洲，另一个是阿隆索山脉。克特里洲全境都是丛山峻岭，整个面积和阿隆索山脉大体

相当。它的平均海拔高度在3500米左右，也和阿隆索山脉相似。

从空中俯视，克特里洲整体呈圆形，阿隆索山脉成弓形。两者最根本的不同在于构成山体的岩石。克特里洲的山体全是坚硬的玄武岩和花岗岩，而阿隆索山脉全是碳酸盐类岩石。它的中部是喀斯特地貌，山体里有很多溶洞，主要是以石灰岩为代表。北部和南部也间或有喀斯特地貌，山体以砂岩、页岩居多，石灰岩次之。

阿隆索山脉总体上不坚固，在巨型潮汐的拍击下，就像霞梵山一样，正在一点一点地垮塌。特别是中部地区，喀斯特地貌会显得更加脆弱不堪，垮塌速度会更快。一旦垮塌出一条连接特梅尔生产区的通道，就会形成多米诺骨牌效应，通道两旁的山体就会加速崩塌。达拉尔大洋的海水会乘虚而入，灌入特梅尔生产区，让它成为一片汪洋死海。这意味着亚诺人等不到孪星碰撞，便会提前灭绝。对于这一观点，胜影并不完全认同。他有着自己的见解和计划。

胜影的祖先来自克特里洲，被称为克特里人。那儿自古以来交通闭塞，与世隔绝，是野生动物的世界。克特里人数量不多，也就在10万人左右。他们喜欢和动物打交道，是动物的朋友，最不喜欢的是特梅尔大平原上的特梅尔人。

在联盟时代，首任联盟主席蒂亚特为了促进有且仅有的这两个民族的融合，将克特里洲人整体移民到了阿隆索山脉的南部，划出了泊鹭群山供他们栖息生活。

泊鹭群山紧挨着特梅尔大平原，能够让克特里人时时感受特梅尔人的文化，这是代表整个亚诺文明的先进文化。同时，泊鹭

群山也能让他们仍旧保持在丛山峻岭里长期生活所养成的习惯和风俗。

经过152年的联盟时代，大部分克特里人都下山了，和特梅尔人融合在一起。留下来的克特里人，仍然顽强地、也是艰难地抵御着特梅尔人的文化侵袭，就像抵御巨型潮汐的侵袭一样。

他们保持着传统的文化，留恋着山林间的生活。他们梦想着回到克特里洲的高山丛林中，过着与野生动物朝夕相伴的生活。

联盟时代的突然结束，本格拉城的消失，让他们的梦想离现实更加遥远。没有穿梭机，没有机器人，没有魔方系统，特梅尔大平原上生产的各种现代物质，就无法运送到克特里洲的高山峡谷。

没有了这些物质基础，泊鹭群山上的克特里人，很难在故乡生存下来。这就像生下来就人工饲养的狮子，多年后放归大自然，很难存活。克特里人的精神家园虽然在克特里洲，但是他们的物质基础却已经牢牢地扎根在特梅尔大平原上。历史进入到无政府时代，他们反而无法回到克特里洲。

等到潮汐季正式登上历史舞台，泊鹭群山上的克特里人终于在现实面前，委屈地低下了头，不再奢望回到克特里洲。然而，雄心勃勃的胜影仍然坚守着梦想，决心要带着他的族人，回到魂牵梦绕的故乡。

胜影是克特里人的杰出青年。他出生在泊鹭群山，是地道的克特里人。他从不下山，一直在山上生活，执迷克特里人传统文化的同时，拼命学习特梅尔人创造的科技知识。

他学识渊博，不仅仅局限于天文学，在物理、化学、计算机

等领域，都有很深的造诣。在大多数专家学者坚信，亚诺行星和夏当行星一定会发生碰撞的主流观点下，他首次提出了独到的见解——李星极很有可能成为双星系统。

成为双星系统，有利有弊。最有利的是，亚诺行星得以完整地保留下来；最不利的是，亚诺行星上每天都会有巨型潮汐。

在胜影看来，巨型潮汐并不会像理头发的推子一样，把亚诺行星剃成平头。阿隆索山脉一定会被推平，但是，克特里洲的丛山峻岭不会。

克特里洲的山体岩石主要由玄武岩和花岗岩组成，非常坚固稳定，能够抵御巨型潮汐经年累月的拍击。它如此坚固，又有足够的海拔高度，一定会固若金汤，会是亚诺行星上唯一的，可以承载亚诺文明，容纳各种生物繁衍生息的陆地。

只要能够调动机器人和穿梭机，在克特里洲的中心开辟一块坪地，建造一个缩小版的"特梅尔生产区"，提供足够的物质基础，泊鹭群山里1万左右的克特里人，他们的灵魂与肉体，就可以不用分离，一起回到故乡。

胜影绝对不会让特梅尔人踏上克特里洲，那是对上帝的亵渎。胜影站在一众族人面前宣称，成为双星系统是亚诺行星的宿命，也是克特里人的宿命。克特里人曾被特梅尔人强行迁徙，现在他们终于遭受到报应。潮汐季的来临，对特梅尔人来说，是上帝的惩罚，上帝要让他们灭绝。对于克特里人来说，不是灾难，是上帝的指引，指引我们回到克特里洲。所有这一切，全是上帝的意志，我们必须全力践行。

泊鹭群山间，响起了克特里人的呐喊声"上帝的意志"。胜影重新点燃了族人的梦想，成为他们的领袖。

成为领袖后，胜影就有了斥候系统。这个系统运转特别有效，消息很灵通。斥候系统全是由那些早年下山，融入特梅尔人群中的克特里人组成，他们被称为"斥候"。他们坚持与泊鹭群山的克特里人通信，以聊天的方式，传递在特梅尔人中发生的各种各样的事情。山里的克特里人将这些消息汇集起来，由专人整理好，形成专报，交给领袖查阅。胜影在一次查阅中，发现了一则令他激动不已的消息。

在阿隆索山脉的群山之间飞来飞去的私家穿梭机，一直是少数的，总共不到1万架。社区里飞来一架私人穿梭机，就很容易引起个别人的关注。

斥候会经常和这些拥有私家穿梭机的人交流，因为他们愿意到处跑，知道的新鲜事儿最多。送给胜影查阅的专报中有他们之间的一段对话。

特梅尔人：有个流浪汉，曾坐过我的穿梭机。我将他送到了鹤泽山。

斥候：那儿的风景很美。

特梅尔人：这不是我要说的重点。

斥候：那你想说什么？

特梅尔人：他和我约定，一个月后接他。

斥候：一个月要到了么？你要去接他么？

特梅尔人：他来电话说，不用接他了。

斥候：为什么？

特梅尔人：他要在那儿定居。

·109·

斥候：一定是被女人羁绊了。

特梅尔人：没错。他成了那女人家的座上宾了。

斥候：那女人一定很漂亮。

特梅尔人：漂亮是漂亮，只是年龄大他一截。

斥候：这就奇怪了。流浪汉居然会为老女人改变自己的生活习惯。

特梅尔人：他就是怪人。听人说，他之所以流浪，就是为了寻找本格拉城。可是，本格拉城早就飞离了亚诺。

斥候：也是，这人可能有些疯了。

胜影看到这儿，心里咯噔一下，沉思起来。一个为了寻找本格拉城的人，当起了流浪汉，一直在阿隆索生活区的一个又一个社区里飞来飞去，却突然在鹤泽山上定居下来，这说明了什么？只有一种可能，他在那儿一定是发现了某些线索，某些有关本格拉城的线索。很有可能，那个女人就是线索。

胜影心里顿时豁然开朗。寻找本格拉城就是寻找魔方系统。只要拥有了魔方系统，在故乡修建生产区，运送所有的克特里人返乡，阻止特梅尔人进入克特里洲等等，都可以实现。

胜影立即决定前往鹤泽山。

迪奥已经123岁了。退休后一直住在旌阁山上。联盟制度下，核心管理团队成员，无论是联盟主席，还是副主席、警长，都是终身制。迪奥曾经是联盟副主席，原本可以一直当下去，直到寿终正寝。

对于死亡的理解，联盟是有规定的。联盟建立了一套评价指

第五章 邻居

标体系，每年做一次体检，以判定核心管治团队成员的身体状况是否能够胜任当下的职务。如果连续3年判定不合格，便判定为死亡，这被称为"职务性死亡"。这个时候，不再实行终身制，必须退休。

一般情况下，终身制就是终身的，即使垂垂老矣，只要意识清醒，或能说话，或能动动手指头，都是可以留在工作岗位上的，不用退休。出现职务性死亡的情况其实很少，绝大部分管治团队成员都能工作到寿终正寝。

亚诺社会的医疗水平很好，迪奥副主席一直很健康，应该可以工作到寿终正寝。只是在夏当行星有了阿维罗卫星后，他萌生了退意。

他内心里很悲观，李星碰撞必然会终结亚诺文明，再怎么努力也逃避不了这个宿命，这是上帝的意志。他向雷萨提出了申请。就像提出告老还乡需要皇上批准一样，他的退休必须征得联盟主席的同意。两年后，雷萨终于批准了他的申请，提拔警长德米当了联盟副主席。

迪奥退休时，已经是95岁了，在副主席岗位上足足工作了54年，在任期间培养了很多人。宇归就是他的得意门生。他将宇归从一名普通公民任命为联盟警察，又将他提拔成联盟警长。他将宇归推荐给雷萨，暗地里帮助他成为雷萨的心腹，最终成长为联盟副主席。

宇归对此心知肚明，一直将迪奥视为自己的恩人，十分感激他，在精神上也十分依赖他。特别是在本格拉城消失，雷萨消失后，宇归就没有了被监控的顾忌，把迪奥当成了精神导师，经常请教

他，从他那儿得到精神抚慰，获得内心的宁静。

迪奥心如止水，显得修为深厚，让宇归完全放松了任何戒备。宇归将所有知道的事情，就像面对牧师忏悔一样，虔诚地向他毫无保留地倾诉。

联盟崩塌的那一年，迪奥唯一的儿子及其妻子，被无政府主义者杀害。他们唯一的、只有4岁大的女儿，目睹了父母被杀害的过程，转到儿童心理医疗所接受心理治疗。迪奥忍着失去儿子夫妻俩的巨大痛苦，并没有将孙女接到身边一起生活。

他很庆幸能够躲过无政府主义者的猎杀。这得益于他离开联盟核心管治团队已整整7年。他一直住在旌阁山上，从此不问世事，过着孤独冷清的生活。这也得益于人们对他退休的误解，误以为他是职务性死亡。对于这样退休的人，那只有可能是老年痴呆，要么就是植物人。劳心费力去寻找，然后再将他杀害，完全没有意义。

迪奥始终不敢将孙女接到身边，害怕自己遭遇不测，再次给她幼小的心灵带来创伤。等到孙女长到10岁时，潮汐季来临，无政府主义者已经消停，迪奥完全可以接她一起生活。只是每到行动时，他却很犹豫。已经过着孤儿般的生活整整6年了，她还能够接受突然出现的爷爷么？她还记得他么？她会怎么看待他？她会怨恨他么？

他不忍她再次受到心灵上的冲击，只能暗中看着她长大。只能在她成长过程中，悄悄地给予关键性的帮助。尽管如此，他始终感到非常内疚，想要她过得更好。他希望自己唯一的孙女，能够像薇欧拉和流雄那样，登上太空岛。

第五章 邻居

迪奥不能让宇归知道他的欲望,那样他在宇归的心目中就不是神一般的存在。一旦神的光环消失,宇归就会对他有所保留,再不会言无不尽。

迪奥也不能让孙女知道太多,这样会让宇归对她起疑:怎么对迪奥说的话,都被一个年轻女孩知道?这存在着被暴露的风险。

"你的未来在太空岛。"

迪奥来到孙女面前。

"你是谁?"

面对一位鹤发童颜,红光满面,就像年画中老寿星模样的百岁老人,戴眼镜、留平头的绮照感到莫名其妙。

迪奥原本想说"我是你爷爷",但是忍住了。真要这样说出来,那会说来话长,必须解释为什么父母早亡后,忍心让她在4岁时就成了孤儿。即便解释了,一时半会,也不一定能说得清楚,说不定还会引起她的怨恨。

没有感情基础,她就是认了这个爷爷,也不会听命于他。他决定还是扮演着世外高人的样子,对孙女指点迷津,说不定她还能听进去,服从他的安排。

"去鹤泽山吧。"

迪奥继续指点迷津。

"去那儿干吗?"

"那儿有一个青年。你要紧跟着他走。"

"他是谁?我怎么去?"

"他叫'沐重'。乘它去。"

迪奥话音刚落,天空中徐徐降落了一架穿梭机。

"你认识我吗?"

"认识!你是疏歌和潇渺的女儿,你叫绮照。"

迪奥坐着自己的穿梭机飞走了,留下绮照呆呆地站在那儿。绮照身边的穿梭机上,驾驶员催促她赶紧登机。

绮照觉得迪奥很神奇。他好像很了解太空岛。如果能去太空岛,就如同去了天宫,可以逃离亚诺行星上的苦难,从此过上神仙般的生活。只是太空岛计划早就停止了。

阿隆索生活区里能拥有私人穿梭机的,一般都是有实力的。迪奥拥有私人穿梭机,还能调动另一架穿梭机。迪奥看上去肯定超过百岁,居然能驾驶穿梭机,表明身体很健康,一定是享受了很好的医疗服务。绮照认定,迪奥一定是非常不简单的人物。

令人最惊讶的,迪奥居然知道她父母的姓名,看来他对父母很了解,似乎是看着她长大。在惊讶之余,绮照对他又多了一份亲切感。

迪奥像催眠大师一样,操控了宇归的神智,让宇归无话不谈,对于自己的孙女,这样的操控更是轻而易举。绮照真的像被催眠一样,安静地登上了前往鹤泽山的穿梭机。

绮照一到达鹤泽山,就住进了迪奥为她安排的房屋里,这让她更加放心了。她继续按照迪奥的指示,努力和沐重接触,渐渐地被寒凝认可,成为前往朵拉美大洋,寻找本格拉城的一员。

虽然寒凝的方案里没有登陆太空岛这一环节,但是她相信,跟随沐重的步伐一直走下去,她会离太空岛更近。

在映旗号穿梭机座舱里,绮照侧脸看了看坐在身旁的宇归,发现他正在打瞌睡,她突然想到了迪奥。

第五章 邻居

"他叫什么?他究竟是谁?"

绮照感觉自己很久以前似曾见到过迪奥。

映旗号穿梭机卷起一阵雪花飘舞,稳稳地停在了朵拉美冰层上。接着又是一阵雪花飘舞,私家穿梭机也跟随着它停了下来。

映旗号穿梭机"嗡嗡嗡"声一停止,便"吵醒"了宇归。

"我们到了?"

宇归伸了一个懒腰。

"应该是到了。"

离晴摆弄着手腕上的手表,查看着经纬度。

机舱外,白茫茫的一片,根本没有一丝一毫的痕迹能够表明,这儿曾经坐落着本格拉城。

"我们就驻扎在这儿吧。大家先休息一晚上。我和绮照在那架穿梭机上过夜,其余人在这儿过夜。"

寒凝下达命令后,便拉着绮照一起,转到私家穿梭机上睡觉去了。

第六章 冰井

自从本格拉城在朵拉美大洋上消失以来，已经整整过去20年了。在原址上没有找到任何痕迹，是情理之中的事情，寒凝一行人对此有充分的心理准备。现在的问题是该从何处下手，开展搜寻工作？

寒凝在来的路上，已经有了初步的方案。本格拉城在朵拉美大洋的冰层上，看上去是一座孤城，其实并不孤单。它除了通过无线的方式，与亚诺社会保持着联系，还通过有线的方式，与外界保持联系。城中的魔方系统，能够快速高效地控制着亚诺社会的方方面面，主要还是通过有线的方式。本格拉城一定有一根海底电缆，通向德拉伊洲。正是有这样一根海底电缆，注定了本格拉城不可能大范围转移。它一定还在朵拉美冰层的某处。

寒凝决定坐镇映旗号穿梭机，以北极点为圆心进行扇形搜索。将朵拉美大洋的冰层面划分为36个扇形区。每天派出两个人，驾驶私家穿梭机，地毯式察看，完成一个扇形区的搜索工作。

宇归当初的提议是对的，冒着极大的风险获取映旗号穿梭机，确实很有必要。如果没有映旗号穿梭机作为大本营，提供充足的燃料，私家穿梭机不可能完成如此艰巨的搜索任务。整个团队也

第六章 冰井

不可能在极寒之地坚持一个多月。但是,36天过去了,寒凝一无所获。

"看来'北极冰盖'上没有本格拉城。"

寒凝在映旗号穿梭机座舱里,召集大家商讨。

"也许它在别的位置。"

胜影内心里很失望。如果雷萨的女儿也不知道在哪儿,估计就没人知道了。

"它就在北极冰盖下的某个位置。"

辰中很肯定。通过父亲德米留下的信息,辰中也知道了当年薇欧拉和流雄离开本格拉城后,雷萨和本格拉城一起,沉入到了冰层下。

大家很诧异地看着他,心里想着,他凭什么这么肯定。

"它是沉到海底了吗?"

胜影一说出这句话,便摇头表示这不可能。

"如果沉到海底,这么深的海水,一定会将它压瘪。"

离晴断然否定了这种可能性。寒凝也不愿意相信,本格拉城真的会沉入海底,如果那样,他们无法潜入这么深的海底,进入到本格拉城。

"如果知道本格拉城的详细构造就好了。"

离晴看着宇归和寒凝。他俩都曾多次进出过本格拉城,应该知道一些有用的信息。

"我有27年没去过本格拉城了,只知道它大致的结构。"

寒凝看着宇归,希望他能说点儿有用的信息。

"我也知道得不多,每次进出联盟的主席行署,都是直进直

出,并不能四处闲逛。"

宇归露出很尴尬的表情。

辰中原本想尽可能不显露他对本格拉城的了解,现在看来不行了。之前伪装成一无所知,看上去是被寒凝招募而来的,现在表现得对本格拉城这么了解,只会让人感到,他这是别有用心,另有图谋。

"你看看这个。"

辰中将自己的手机递给离晴。离晴接过来一看,眼睛一亮,这正是本格拉城的详细构造图。

图中显示,圆形本格拉城直径100米。城墙宽7米。东西南北各一个城门。在东南、西南、西北、东北4个方位上,紧挨着内城墙,分别有一个大小一样,边长12米的正方形建筑,依次安装着魔方A、K、Q、J。城中心是圆形的联盟主席行署,直径为50米。

"它很有可能钉在冰层下。"

离晴沉吟良久,这才抬头说话。

"你是说,它在海水里,紧贴在冰层下面?"

胜影反应很快。

"没错!从构造图看,它有四根钢柱子,可以伸缩,也可以旋转,柱子表面上还有钻头一样的螺纹。这四根钢柱子,可以向上钻进冰层里,将本格拉城牢牢地固定住,仿佛是在天花板上安装了一个圆形吸顶灯。"

离晴比画着,向大家作了进一步解释。

"整个圆形本格拉城是有盖板的,就是这16片扇形钢板。"

第六章 冰井

离晴用手指点了一下图中的扇形钢板。手机里的静态图变成了动态图。16片扇形钢板绕圆心依次展开，形成了圆形盖板，将本格拉城顶部封得严严实实。他再点了一下，16片扇形钢板又依次收拢起来，露出了本格拉城的内部结构。

"看上去密不透风，其实它的防水等级不高，如果再下降5米，压力一增大，圆形天花板就有可能渗水。这也再次说明，如果它在海底，魔方系统肯定完蛋。"

离晴这番话，让大家更加愿意相信，本格拉城就是紧贴在冰层下的"吸顶灯"。

"用金属探测器吧。"

胜影突然来了这么一句。

"四根柱子是钢做的，能够固定本格拉城，一定很粗。应该可以探测得出来。"

离晴马上心领神会。

"虽然粗，相比这么大的北极圈，还是很渺小。"

沐重摇摇头，觉得不可行。再重新搜索一遍整个"北极冰盖"，无异于大海捞针，也不可持久。携带的食物恐怕不能再支撑36天了。

"可以先进行无线电探测。"

短暂沉默后，离晴眉头舒展开来。

"你的意思是先确定一个大范围，再进行金属探测？"

辰中知道离晴又在卖关子，两眼瞪了他一下。

"嗯。这四根柱子，不仅仅是固定用，还可以当天线。本格拉城在50米厚的冰层下，泡在海水里，无法与外界通信，我猜想，

这四根大柱子就是天线，通过无线通信与外界保持联系。"

离晴的观点让胜影不由得连连点头。寒凝看了大家一眼，大家都点头同意，便立即布置起来。

在电子地图上，她以北极点为起点，向四周均匀划出了16条射线。她让私家穿梭机载着无线电探测器，以北极点为起点，沿着这16条射线，向外贴地飞行，探测射线附近的无线电信号。朵拉美大洋的冰层上，荒无人烟，没有无线电通信基站，一旦检测出密集的无线电波，那极有可能是4根钢柱在收发信号。

理想情况下，4根柱子都是天线并同时工作，便可以确定4个收发信号点。即便这些点的位置并不精确，会是一个大致的圆圈范围，这也没有关系。将四个圆圈的圆心相连，成为四边形，这一定就是本格拉城的位置了。

如果只有一根柱子是天线，那也不要紧。确定了收发信号点后，再使用金属探测器，就可以探测出天线的确切位置来。找到一根天线，再找其他3根钢柱，工作量就不大了。

探测无线电波，比贴着冰层探测金属，速度要快多了。离晴的这个方案，确实大大减少了搜索的工作量，节省了工作时间。

实际情况却让大家非常失望。私家穿梭机上的无线电探测器，将16根射线全部走完，也没发现异常的无线电波密集点，没有能够确定出一个圆圈范围。

"本格拉城看来不在北极圈。"

绮照朝着眼镜片哈气，然后用手擦了擦它。

"不，它一定在！"

辰中仍然坚持自己的观点，口吻里却带出来一<u>丝丝</u>的不确定。

第六章 冰井

大家听了这话后，都长时间不吱声。

"好吧，我们再做一次假设。"

寒凝听着映旗号穿梭机外北极风的嘶鸣，打破了沉默。

"如果真像辰中所说，它在冰层下面，那一定是从原址那儿沉下去的。它穿过冰层沉入海水中后，会向哪儿移动呢？原址离北极点500千米，在当时的情况下，雷萨为了安全，一定会向'北极冰盖'的深处移动。我感觉，它向北极点移动的可能性更大。"

宇归微微一笑，这就是女人直觉性的判断。向"北极冰盖"深处移动，不一定非要向北极点移动，存在着很多可能性。

"我来画线吧。"

沐重在北极点和本格拉城原址之间划了一条直线，然后将手机上画了这条直线的电子地图传输给私家穿梭机。

"我们去去就回。"

沐重和绮照在私家穿梭机外壳上安装了一个金属探测圆环。沐重驾驶私家穿梭机，让圆环贴着冰面，缓缓地向本格拉城原址进发。

说是去去就回，其实用了6个多小时，私家穿梭机才回来。绮照一进入映旗号穿梭机，便兴奋地喊道：

"找到了！找到了！"

本格拉城在冰层下待了整整20年。4个柱子所在位置的冰层面早已不是原来的样子。14年的潮汐季，让此处的冰层面足足增厚了1米。

沐重和绮照沿着这条直线一路开过去，金属探测器始终没有

任何反应。在返回的路上，沐重显得很不甘心，将探测器的灵敏度调到最高。这一招只是年轻人不服输的赌气之举，却误打误撞地对症下药了。

探测器终于发出了啸叫声。这一定是本格拉城的钢柱子。沐重和绮照顿时兴奋不已。他俩做好标记，继续返程，不一会儿，探测器再次发出了啸叫声。这是第二根柱子的位置。找到两根柱子，那一定就是本格拉城了。

再次做好标记后，他们立即拉起私家穿梭机，猛地一加速，急切地返程了。剩下的两根柱子不必再找，本格拉城的中心点，一定在前后两个标记点之间。

众人的兴奋克服了瞌睡，此时正是北极极昼，吉瑟恒星始终挂在天空，大地亮堂堂的，继续干活一点问题都没有。寒凝开动了映旗号穿梭机，和私家穿梭机一起，来到标记点。

为了明确两个标记点是不是4个钢柱中的两个，胜影开启了便携式CT断层扫描仪。扫描仪的电子屏幕上果然有一个黑色圆形的图像，那一定就是钢柱的横截面了。在另一个标记点也是如此。

沐重和胜影坐上私家穿梭机，升到空中。胜影将扫描仪功率调到最大。增强X射线穿过50多米厚的冰层后被反射回来，图像里出现了一个更大的圆环。依稀可以看到，大圆环的内圆被分割成16个扇形。胜影将图像传输到手机里，然后关闭了扫描仪，示意沐重降落。

大家看到胜影手机里的这张图像后，都明白脚下隔着冰层的，肯定是本格拉城。那圆环代表着圆形本格拉城的城墙。圆环内圆里的16个扇形，代表16个扇形钢制盖板。当初就是这些扇形钢板，

将本格拉城上空封闭，让它看上去就像一个巨大的生日蛋糕。

寒凝确实是雷萨的女儿，只有女儿才能如此准确地凭借直觉，猜测出父亲的行为举止。本格拉城终于被她找到了！

"我们如何进去？"

绮照说出了大家心中的难题。50多米厚的冰层，如何能够凿穿？

"用映旗号穿梭机吧。"

辰中缓缓地说道。当年，本格拉城底部喷出火焰，融穿了冰层，沉入海中，这才消失。辰中想如法炮制，用映旗号穿梭机数百万个微型发动机喷出的火苗，融穿厚厚的冰层。

离晴查看了映旗号穿梭机上超高能液体燃料的余量，和胜影进行了粗略地计算，融掉冰层是可行的。

沐重驾驶着映旗号穿梭机，头向上直立起来，尾部的火焰燃烧着冰层。大量的水汽在身边环绕，发出"滋滋滋"的声音。

直径5米粗，长30米的映旗号穿梭机直立着，渐渐地没入冰层。大量的水汽从井口涌出，仿佛雪地里的温泉池。

3个小时过后，沐重看到仪表显示，深度已是51米了，不敢再继续下沉，怕撞上本格拉城。他从冰井中出来，将映旗号穿梭机停在井口旁。

辰中已经做好攀岩准备。寒凝驾驶私家穿梭机，在井口上方，往下一点点放出吊绳，辰中慢慢地进入井中。他终于来到直径5米多一点的井底，发现微型发动机喷出的超高温火焰，直接汽化了冰层，井底几乎看不到水。

辰中用 1 米长的钢钎凿着剩余的冰层。沐重的打井深度恰如其分。辰中稍稍用力凿了一下，冰层就散裂开来，露出了本格拉城顶部的扇形钢板。

等把整个井底冰层清除掉，大家便陆陆续续下到井底，查看了一番。沐重的定位很精准，井底圆心正好就是本格拉城的圆心。这是一个直径 3 米的圆形钢板，16 块扇形钢板的窄端将圆形钢板围成一圈。

"让沐重开着私家穿梭机，在扇形钢板上融化出一个洞。"

辰中还想用老办法。

"不行。根本融不穿。剩下的超高能液体燃料不够。"

胜影显然已经计算过。

"是的，就是燃料够，也不行。这是特制钢板，合金制造的，耐腐蚀、耐高温、高强度，很难融化。"

离晴确实被阿尔法培养得很优秀，在技术这一块，很有造诣。

"那怎么办？"

绮照有些焦急，都已经到家门口了，居然进不了家门。

"沐重可以。"

离晴话又说一半。可是这次卖关子，大家都不再期待地看着他。

"从构造上看，扇形钢板会像折叠扇一样收起或者打开，本格拉城的城顶会相应地打开或者关闭。我猜想，沐重将红宝石吊坠放入凹坑，扇形钢板就会打开。"

离晴看大家没反应，便指着圆形钢板，直接说出了答案。圆形钢板的正中央，和映旗号穿梭机一样，也有一个凹坑，用一个橡皮塞子封着，保护它不受损伤。红宝石是密码，它肯定能打开本格拉城。

"现在就打开吗？"

沐重掏出防寒服里的红宝石项链，挂在胸前。

"别着急。"

宇归拦住了沐重。

"如果16个扇形钢板收起，本格拉城上方的冰层就会悬空，50多米厚的冰层，有可能垮塌，连带着四根钢柱松动，本格拉城会不会被垮塌的冰层砸进深深的海底？"

朵拉美大洋上50多米厚的冰层，没见到啥时候垮塌过，不然"北极冰盖"就会千疮百孔，不会被形象地称为"冰盖"了。宇归有些多虑。

"我们先上去。上去之后，退出本格拉城范围之外，清理干净现场。让私家穿梭机悬停在井口上方，将沐重吊进井底，万一冰层垮塌，穿梭机能够及时将他拉出井口。"

寒凝为了以防万一，还是作了相应的部署。

沐重站在圆心处，将红宝石吊坠放入凹坑中，紧张地等待本格拉城的反应。长时间的安静，让他心有不安。他从凹坑里拿出红宝石吊坠，随时准备撤离井底。

冰层上的宇归、辰中、离晴、胜影和绮照，站在本格拉城范围外，突然听到两个标记点处传来钢柱的旋转声，与冰层摩擦发出的"喳喳喳"声。

10分钟后，所有声音都消失了。一切又归于安静。

大家紧张得喘不过气来。寒凝驾驶着私家穿梭机，在空中眼

睛一眨不眨地盯着井口。

突然，吊绳晃动起来，这是要上来的信号。寒凝急忙开启绞盘，吊绳迅速地收起，沐重终于从井口冒了出来。

沐重从舱门外钻了进来，随手关上门，大声喊道：

"快！快！它走了。快去追它！"

并不像离晴说的那样，本格拉城会收起扇形钢板，打开城顶。在通过了密码检测后，它却是收起了四根钢柱子，向着"北极冰盖"外缘缓缓驶去。

站在井底的沐重，感受到脚底下的震动，也听到了本格拉城和冰层之间的摩擦声。他没有慌乱，而是冷静地、仔细地查看了移动方向，在快要撞上井壁时，这才示意寒凝将他拉上去。

其他人看到沐重钻进私家穿梭机里，便朝着"北极冰盖"的外缘飞去。一直等到他俩消失在空中，这才回过神来，急忙向井口奔去。大家向井底张望，啥也看不到，只是隐隐约约有水光波动。

"我们被扔在这儿了？"

辰中显得很沮丧。没有寒凝和沐重，没人能够启动映旗号穿梭机。

"不会，他们的穿梭机飞不远，要想走出朵拉美大洋，还需要映旗号穿梭机。他们一定会回来的。"

胜影胸有成竹的样子。

"他们究竟干什么去了？"

绮照焦虑不安，担心他们遭遇不测。

"他们一定是去追本格拉城了。"

只要绮照在场，离晴说话时总爱瞟一眼绮照。他俩都曾是孤

第六章 冰井

儿，离晴自觉和她很亲近。

"没错。"

胜影内心里很欣赏离晴，他俩的想法总能产生共鸣。50多米厚的冰层下传来的摩擦与震动，仔细体会，就能感觉到，一个庞然大物在冰层下缓缓移动。

"难道沐重的红宝石吊坠失灵了？惊动了本格拉城，让它逃跑了？"

辰中的想法，总有些偏离正常轨道。

"不会是这样的。正是认可了沐重的红宝石密码，本格拉城才会有这样的动作。正确的打开方式究竟是什么，我们并不知道。打开扇形钢板，只是我们的猜测。"

宇归坚信，只有拥有雷萨血统的人，才是正统的，才有资格打开本格拉城。

时间过得很快，眨眼之间，已经过去7天了，仍然见不到寒凝和沐重的身影。不安在他们心中渐渐累积。映旗号穿梭机虽然不能点火升空，但是电力还存储得比较多，可以保持舱内温度恒定。尽管生存一时半会没有问题，但不可能在此过一辈子，舱内食物和能源，总会消耗殆尽。到那时，所有人都将被饿死或冻死。

时间过得很快，转眼又过去20天。太空舱所剩食物只够3天了。舱里的人，都默默无声。

"你们看，那是什么？"

绮照看着窗外，突然问道。大家也都朝窗外看过去，只见视线的尽头，一个黑点渐渐地大了起来。慢慢地，大家看清了，这是一个人，摇摇晃晃的，背着一个包，朝这边走来。

"沐重……他是沐重！"

绮照立即起身，打开舱门，跳下映旗号穿梭机，向他奔去。

宇归看着两个人的身影一点点逼近，渐渐重合，便不自觉地摇了摇头。

本格拉城一直贴着冰层在海中缓缓行驶。时不时地与冰层摩擦，发出巨大的声响。寒凝和沐重，在私家穿梭机上打开声呐探测器，隔着厚厚的冰层，追踪着这断断续续的声响。

"快没油了。"

沐重突然发现驾驶台的仪表盘上，油箱指示灯亮起了红色，表明所剩燃油不多。不过此时私家穿梭机上装的是超高能液体燃料，比起常规燃油，仍可行驶一段路程。沐重测算了一下，私家穿梭机满打满算，还可以飞 500 千米。

"快到海边了。"

寒凝瞟了一眼仪表盘，继续追踪着本格拉城。她想知道，本格拉城最终达到什么地方。

私家穿梭机一飞临海边，本格拉城就消失了踪影。没有了与冰层的摩擦声，寒凝就无法再继续追踪了。本格拉城这时候就像一只海水中的潜艇，必须用异磁探测仪才能发现它的身影。寒凝不得不将私家穿梭机降落在海边。

"沐重，我们飞得回去吗？"

"只能飞 150 千米了。"

寒凝不甘心地追踪，又消耗了一些里程数。

"这儿离映旗号穿梭机有多远？"

第六章 冰井

"1200 千米左右。"

沐重一说完，母子俩就陷入了沉默。如果能开来映旗号穿梭机，就可以继续追踪本格拉城。它上面不仅有异磁探测仪，还有吊入式声呐。

"我走回去吧。"

沐重思来想去，只有步行回去，才能开来映旗号穿梭机。自己年轻，是完成这段旅行的最佳人选。

"我们朝映旗号穿梭机飞去，尽可能少走一段路。"

寒凝思前想后，也觉得不得不如此。

"不用，这些燃料也飞不了多远。你留在这儿，万一有什么情况，也好应对。"

沐重收拾了行李，带上 30 天的干粮出发了。

沐重看到绮照拥抱他时，晕倒在她的怀里。1200 千米冰天雪地的跋涉，没有坚强的意志力，很难坚持下来。

辰中、胜影和离晴将他抬进了映旗号穿梭机里。温暖的环境，慢慢让沐重苏醒。

"你怎么走回来了？寒凝呢？"

宇归一看到沐重睁开了眼睛，便迫不及待地问道。

"让他先喝点水。"

绮照拿起杯子，托着沐重的脑袋，给他喂了几口水。

"本格拉城在海边消失了，私家穿梭机没油了。我只能走回来。"

沐重喝了几口水后，身体恢复了过来。

"太厉害了，这儿离海边至少 1000 多千米，居然能走过来。"

·129·

虽然此时北极进入极昼，气温开始回升，渐渐暖和，但是沐重的长途跋涉，仍让离晴感到不可思议。

"我们赶紧出发吧。"

沐重从绮照怀里一骨碌站起来。

"她所剩食物不多了。"

映旗号穿梭机腾地飞起，向着寒凝的方向疾驶而去。

沐重离开后的第一天，寒凝一觉醒来，突然发现，本格拉城就浮在岸边的海面上。寒凝急忙升起穿梭机，在本格拉城上空盘旋。它的16块扇形钢板已经收起，顶层已经打开。熟悉的4个魔方建筑和主席行署，映在眼前。

穿梭机缓缓地降落在城墙顶的停机位上。以前，这是雷萨专用穿梭机起停的地方。寒凝从机上下来，沿着内城墙楼梯走下城墙。

在城中街道上一步一步地走着，寒凝感到步履维艰，眼前熟悉的一草一木，又是那么的陌生。刹那间，她显得犹豫不决。整整消失了20年，他还在吗？他还好吗？真有必要再见他吗？

行署的正门缓缓打开，寒凝迈步走进大厅里，大门在身后又徐徐关闭。短暂的黑暗之后，大厅的灯亮起，机器人警察站在她身边，检查了她的虹膜、声纹和指纹，示意她跟着它走。

穿过一道又一道门，终于来到一间密室里，雷萨突然闪现。寒凝一时激动不已，疾步上前，想要紧紧地拥抱着他。

"好久不见，寒凝。"

寒凝扑了个空，转过身来，心中有些不安。

"寒凝，雷萨永远不会再见你了，雷萨也永远不会再见这个

第六章 冰井

世界了。"

这是数字孪生雷萨。它转过身来，再次面对寒凝。

寒凝心里明白，父亲已经不在了，一时间不由得泪流满面，失声痛哭。

"不用伤心，你没有失去我，我们会永远在一起。"

数字孪生雷萨平静地看着寒凝。

"本格拉城没有消失。魔方系统也没有消失，我也没有消失。我仍然统治着这个世界。是我修建了钢铁长城，以抵御巨型潮汐。是我安排穿梭机将亚诺公民运送到阿隆索生活区。是我改造了特梅尔生产区。是我将大量废弃的私人穿梭机改造成货运穿梭机。是我让机器人继续维持亚诺社会的生产。在冰冷的朵拉美大洋海水里，我静静地看护着联盟的公民，我没有离开你们。"

数字孪生雷萨停顿了一下，转身背对着寒凝。

"当初将你留在这里，而不是让你和你的弟弟流雄一起前往太空岛，是想继续完成我未竟的事业。自从薇欧拉带着流雄走后，魔方系统推演了未来40年的变化，这为我临走前的部署提供了依据。"

"魔方系统对于时间跨度太大的推演，并不准确，15年以后的推演结果，只有30%的准确率，并不可靠。要想得到准确的结果，必须等到15年后再次推演。这让我放心不下。我希望在孪星碰撞前的所有日子，亚诺公民都能平静地度过文明的终点。"

数字孪生雷萨在寒凝面前来回走动着。

"我给你红宝石项链，是希望你终有一日会来找我，我会将联盟主席的职位传授给你，让你掌控魔方系统。这样，魔方系统

就会从设定的运转模式中苏醒过来，根据联盟新主席的指示，重新评估当前的形势，重新做出建议。"

数字孪生雷萨继续述说着雷萨临终前的遗言。

"你为什么要离开？"

寒凝恢复了平静。

"我无法忍受混乱、杀戮、战争。"

"你什么时候离开的？"

"吉历4010年12月31日。"

数字孪生雷萨正朝着寒凝走来。

"你怎么离开的？"

"本格拉城有通往海里的通道。我从那儿离开，沉入了朵拉美大洋的海底。"

"你完全没有必要这样。"

"是的。由于有冰层的保护，本格拉城不会受到巨型潮汐的破坏。本格拉城在海里，也可以让我继续生存。但是我心已死。你不会理解的。"

"你也不会理解我的。我不会接受联盟主席的职位。"

寒凝感觉数字孪生雷萨还在朝她走来，快要撞上她了。她下意识地退了两步。

"今天我终于等来了这一刻。我们再见面了。这说明你需要魔方系统。我现在正式授予你联盟主席职务。"

数字孪生雷萨快速移向寒凝，与寒凝重叠在一起，接着慢慢消失了。突然，密室的一面墙亮起，满墙的屏幕上显示了魔方系统的欢迎界面。

第六章 冰井

"欢迎寒凝主席!"

寒凝呆呆地看着屏幕,一时间无法理解自己的处境。过了好久,她决定不再纠结联盟主席的身份,立即转身向外走。就在此时,行署的屋顶传来"咔咔咔"的声音。

"这是什么声音?"

"本格拉城即将关闭。将再次潜入冰层之下。"

16个扇形天花盖板再次展开,将本格拉城再次密封。

"我命令,立即浮出海面。"

魔方系统没有执行。本格拉城开始缓缓沉入海水中,再次向北极点方向缓缓行驶,最后停在了距离北极点600千米的位置。

"为什么不执行我的命令。"

寒凝此时不确定自己是否真是联盟主席。

"雷萨的遗言里有规定。"

"什么规定?"

"寒凝和本格拉城将继续消失。"

寒凝不可能活着走出本格拉城。她可以像父亲雷萨那样,从通向海里的通道离开本格拉城,不过,那意味着她想要自杀。

"为什么要这样?"

寒凝对父亲的怨恨又涌上心头。

"他希望你能接受现实,带领着现有的亚诺人一起,平静地走向历史的终点。"

雷萨的事业,就是要联盟延续。即便面临巨型潮汐、暴雨、龙吸水,甚至是孪星碰撞,联盟社会也要善始善终,和平稳定地走到历史的终点。

"他为什么不让薇欧拉和流雄实现自己的愿望。"

"薇欧拉和流雄,带着所有亚诺人的基因,去了太空岛,他们会在那儿筛选出爱好和平的亚诺人,延续联盟的文明。"

"魔方系统和太空岛是联通的吗?"

"是的!"

"他们能回来吗?"

"除非你同意,否则他们不能回来。"

"我和他们可以通信吗?"

"目前,通信是单向的。你任何时候都可以联系他们。他们不能联系你,除非你先批准。"

"让我看看,薇欧拉和流雄在太空岛的情况。"

屏幕上刚刚展现出太空岛的整体轮廓,画面正向一座殿堂推进时,寒凝突然喝止住了。

即便看到薇欧拉和流雄在太空岛幸福生活,又如何呢?事已至此,已无法改观。难道让他们回来吗?又或消灭他们吗?就让他们继续平静地生活吧。

寒凝突然觉得这就是命运。每个人都有自己的命运,似乎无法改变。她的命运就是永远被雷萨利用。雷萨再次利用了她。

命运安排她是雷萨的女儿,而雷萨就是这样的人,永远只有"利用"两字。所谓的亲情,也只是一个工具而已。红宝石项链,并不是父女和解的信物,仅仅只是进入本格拉城的密钥而已。

"我需要了解沐重的情况。"

寒凝想起了儿子。在发现本格拉城的一刹那,寒凝曾后悔让沐重离开自己。现在看来,命运自有安排。如果跟她一起进入本

第六章 冰井

格拉城，他也会被困在这儿了。现在他在外面，就是可以依靠的一支力量。

"他正在往北极点方向徒步。"

看到屏幕上沐重艰难跋涉的元宇宙视频，寒凝感觉自己可以掌控魔方系统。

"宇归他们现在如何了？"

屏幕上显示了宇归等5人在映旗号穿梭机上的情景。

"还需要多久，沐重可以抵达映旗号穿梭机？"

魔方系统告诉寒凝，还需要25天左右，沐重才能抵达映旗号穿梭机。

寒凝心里暗自祈祷，希望沐重能够平安地和宇归、绮照他们汇合，驾驶着映旗号穿梭机，再次找到本格拉城。用他的红宝石项链再次开启本格拉城。

这样的话，也许会重演本格拉城驶向海边，浮出海面，收起扇形盖板的情景，这是她逃出本格拉城的唯一机会。寒凝想到这儿，渐渐充满着希望，决定天天关注着沐重的跋涉与宇归的等待。

沐重驾驶着映旗号穿梭机，很快就来到了岸边。远远地看见海面上漂浮的私家穿梭机，沐重深感不妙。

映旗号穿梭机飞临私家穿梭机上面，缓缓地将胜影吊下。他站在私家穿梭机的机身上，隔着舱舷窗口，看见座舱内空无一人。又仔细检查了私家穿梭机的外观，便招招手，示意将他拉上去。

沐重将映旗号穿梭机停在海边，一时大家都沉默不语。寒凝不像是穿梭机失事导致的石沉大海。私家穿梭机外观完好无损，

·135·

仅仅只是漂浮在海水中，显然不是从空中一头扎进海水里。

寒凝是去寻找本格拉城了吗？私家穿梭机快没有燃油了，寒凝不会轻易开动它。她徒步寻找本格拉城吗？这也是枉然。沐重与寒凝分别时，本格拉城在海里，在岸边寻找，无异于缘木求鱼。

"寒凝可能被北极熊吃了。"

辰中的话表露出明显的放弃。他想离开"北极冰盖"。这么多年的潮汐季，巨型潮汐在"北极冰盖"很少发生，但是10米左右的浪头还是经常横穿"北极冰盖"，这种浪头也足以消灭常在海边觅食的北极熊。寒凝不可能遭遇北极熊的袭击。

"我们还是回到鹤泽山吧。"

沐重艰难地做出了决定。没有任何线索，在这儿等着，也是空等。不如回到阿隆索生活区，准备好补给，再来这儿搜寻。一去一来，也就是两天的工夫。

大家内心里都等着沐重的这句话，只是不好意思直接说出来。

"不过，我们还是再等两天，第三天我们就撤。"

沐重还是有点不死心。大家见状，也不好多说什么，毕竟映旗号穿梭机只有沐重能够驾驶。再说，食物只够吃三天的，没有吃的了，沐重也不得不回去，总不会大家一起等着饿死吧。

"派遣一架穿梭机前往沐重所在地。"

寒凝命令道。

"海底电缆需要重新连接，才能与特梅尔生产区联系上。"

本格拉城在新的位置刚刚驻扎下来，对外联系只能靠四根钢制的桩柱。离晴说得没错，四根柱子就是天线，起着对外联系的

第六章 冰井

作用。

不过，这种联系是临时的，也让魔方系统的功能受到限制。最主要的，魔方 Q 不能使用。

魔方 Q 是能源监控系统，可以控制一切装备。它需要通过海底电缆，与特梅尔生产区连接，才可以控制穿梭机。本格拉城在移动时，将海底电缆插头从底座拔下，丢弃在海底。等到在新的位置固定好后，再派水下机器人找到海底电缆插头，将它重新插进底座的插座。

"需要多久？"

"大约 25~30 天。"

水下机器人从本格拉城底座通道沉入海底后，会一步一步走到插头处，将插头拾起，拖着粗大的海底电缆返回，再将它插进本格拉城底座的插座里。

至此，魔方系统的所有功能将会全部恢复正常。四根柱子的天线功能停止。这也是为什么当初寒凝他们使用无线电探测器，却始终搜寻不到天线的原因。

寒凝只能在联盟主席行署里，每天通过魔方 K 的监视功能，眼睁睁地看着沐重辛苦地长途跋涉，心里感到有劲使不上。

这一天，寒凝百无聊赖，看着魔方系统的大屏幕发呆。突然，她心中一动。

"蒂亚特的遗言是什么？"

蒂亚特是第一任联盟主席。屏幕上随即展现出他的整篇遗言。

"联盟主席不得认定自己的亲戚为联盟主席。"

寒凝看到这句话时，忍不住又念了一道。

·137·

"为什么我能当联盟主席？我不是雷萨亲生的吗？"

寒凝质问魔方系统。如果联盟主席的遗言必须遵守，她就不应该接替雷萨，成为联盟主席。

"雷萨花了近半年的时间，作了修改，才将这条遗言从魔方系统中删除。"

"他是怎么删除的？"

"雷萨有一个机器人警察，它的主要任务就是计算机编程。是它帮助他的。"

"它在哪儿？"

"他带着它一起沉睡在海底。"

本格拉城上次的驻扎点就是冰井那儿。雷萨在冰井那儿沉入海底。机器人警察应该在那儿，海底电缆插头也应该在那儿。

"命令水下机器人找到那个机器人警察，将它和海底电缆插头一起带回来。"

寒凝命令道。

沐重在等待的两天里，使用异磁探测器探测了大范围海面，没有发现钢铁做成的本格拉城。又用吊入式声呐放进海里进行探测，检测到了"北极冰盖"深处的声呐信号。沐重心中有底了，本格拉城大抵是待在"北极冰盖"下的某一个位置。

沐重驾驶着映旗号穿梭机，飞回到鹤泽山，满载着半年的干粮后，直接飞到联盟的航天发射秘密基地，在那儿的地下机库里为映旗号穿梭机装满了超高能液体燃料，再调头飞回到"北极冰盖"。

第六章 冰井

沐重一行人准备如法炮制，采用寒凝的方法——在原址和极点之间的直线上搜索，找到类似的一根直线。私家穿梭机漂浮在海面的位置，是不是就是本格拉城消失在海里的位置？沐重凭直觉感到很有可能。

寒凝肯定驾驶了私家穿梭机，不然它不可能出现海面上，它会一直待在冰面上。沐重在冰井底将红宝石放进凹坑时，确实开启了本格拉城的打开模式。它当时还在海水里，直接收起16片扇形钢板，会让城里灌满海水。它只有跑出"北极冰盖"，来到海边，浮出海面，才能收起扇形钢板，打开'天窗'，欢迎寒凝进城。

寒凝一定是在沐重离开后，发现了本格拉城浮出了海面，才驾驶私家穿梭机停在了城墙头的停机坪上。等到本格拉城再次潜入海水中时，城墙头上停放的私家穿梭机，自然漂浮在海面上。

如果这一切真的成立，那寒凝一定和本格拉城一起，消失在"北极冰盖"的某一个位置。

沐重、离晴、胜影，你一句我一句，拼凑出了本格拉城的踪迹，更加确信私家穿梭机的漂浮点就是本格拉城浮出海面的位置。他们按照这一思路，将漂浮点与北极点之间，作出了一条直线。这就是他们要找的直线，本格拉城一定在它的某一点上。

结合吊入式声呐的探测结果，沐重他们很快确定了本格拉城大致位置。

寒凝看着沉睡在海底20年的机器人警察，心里很嘀咕，它还能用么？

·139·

"唤醒它！"

不用多时，魔方系统很快便将它唤醒。

"请你删除雷萨的遗言。"

"请问删除哪条遗言？"

来自朵拉美大洋海底的机器人警察问道。

"寒凝和本格拉城将继续消失。"

这一次，机器人警察驾轻就熟，很快就完成了寒凝下达的任务。

"我们可以离开这个鬼地方么？"

"可以了。"

"出发！"

寒凝下达了命令。很快，本格拉城收起了四根钢柱子，开始向"北极冰盖"的海边驶去。

此时的沐重一行人刚刚出发不久，正向着寒凝方向行进，边走边探测四根钢柱。

"请和他们通话。"

寒凝对魔方系统越来越熟悉。她突然想到，可以利用魔方K的监听监视功能，与他们保持通信。

"由于巨型潮汐的影响，同步轨道卫星和中远轨道卫星，都已被破坏，无法进行卫星通信。'北极冰盖'没有陆地基站，无法进行地面通信。"

海底电缆没有接通，魔方Q不能用，货运穿梭机也就安排不了，只有等到本格拉城上岸后再说。

很快，本格拉城又来到海边，浮出海面。寒凝命令点火升空。本格拉城慢慢地从海面上升起，飞到在距离海边100千米处的"北

第六章 冰井

极冰盖"上落下。本格拉城终于在 20 年后,又成为一座冰上城。

寒凝连忙派出水下机器人,在本格拉城底座的插座处,凿出一条冰井。水下机器人在海底找到电缆插头,通过冰井,重新将它插入插座。本格拉城终于和特梅尔生产区连接上了。魔方系统所有功能全部恢复。

又是近一个月的时间过去了。此时的沐重一行,为了寻找本格拉城,又做出了很多假设,开展了很多种搜索,反而离本格拉城越来越远。

"这真是魔障。同样的方法,同样是在冰层下,寒凝就可以找到本格拉城,而我们却一无所获。"

绮照嘟囔着,觉得不可思议。

"难道我们就不应该寻找本格拉城么?"

宇归也觉得兆头不好。

"我们回去吧。也许寒凝在鹤泽山等着我们呢?"

离晴有些气馁,不想再寻找了。

"是的,她肯定不在本格拉城。如果在,她使用魔方系统,很容易找到我们,还需要我们找她么。"

胜影又和离晴不谋而合。

"她可能生死不明。"

辰中的话一出口,立即遭到了大家的白眼。

"谁说我死了!"

沐重手机里突然响起寒凝的话音,惊得大家毛骨悚然。

"你们朝外看。"

大家扭头看向映旗号穿梭机外面，一架货运穿梭机正在飞驶而来。

"跟着它，我们在本格拉城见！"

寒凝的命令在沐重手机里再次响起。

第七章 古刀

"现在，我是联盟的主席。"

寒凝在联盟主席行署的大厅里，向大家宣布道。

自始至终，宇归并不愿意大家都进入本格拉城。找到本格拉城是一回事，进入本格拉城是另一回事。如果雷萨还活着，没有他的邀请，谁都不能进入本格拉城。寒凝有红宝石项链，这算是雷萨的信物，她可以进入本格拉城。沐重是他的外孙，在寒凝带领下也没问题。

要说宇归不了解本格拉城，那只是当着众人的面，他的一面之词。沐重在冰井下安放红宝石的时候，宇归就知道本格拉城不会像离晴说的那样，16片扇形盖板会立即收起。他知道它会行驶到"北极冰盖"之外，浮出海面之后，才会收起扇形盖板，打开城顶。

他也知道，"北极冰盖"的冰层那么厚，不可能垮塌。他之所以这么说，也不反驳离晴，就是想让寒凝和沐重可以甩开大家，前去追踪本格拉城。如果魔方系统就在眼前，辰中、胜影和离晴会不会有异心？绮照好像还好，看得出来，她更关注的是沐重。最好的情况是寒凝独自在本格拉城，安安心心地接管魔方系统。

·143·

事情前期进展顺利，在他的巧妙误导下，寒凝果然驾驶私家穿梭机，带着沐重前去追寻本格拉城。万万没有想到的是，沐重又独自回来了，更没想到，寒凝也消失了。

现在好了，寒凝已经是联盟主席了，这就意味着她已经掌控了魔方系统。有他和沐重一起帮着寒凝，眼前的这些人，翻不起大浪来。

"砰"的一声，沐重应声倒下。

辰中用枪托狠狠地砸在沐重的脑门儿上。他一边用枪对着寒凝，一边俯下身子，从沐重的脖子上扯下红宝石项链，揣进兜里。

"将联盟主席之位授予我，不然我就杀了沐重。"

他一只手将沐重从地上架起，紧紧地勒着对方的脖子，另一只手拿枪指着寒凝。

他从父亲德米那儿知道，联盟主席可以指定接班人。只有挟持她的儿子，才能逼迫她指定自己为接班人。这是唯一的办法了。

"你是非法的，联盟主席不能指定自己的亲人为接班人！"

辰中的这句话，立即引起了胜影和离晴的强烈认同。绮照也有些动摇。寒凝直接从父亲雷萨那儿继承联盟主席，违背了联盟的规定。

"联盟主席，原本就是德米的，我要为他争取到。"

"你究竟是谁！"

辰中提到德米，立即引起了宇归的注意。

"他是德米的儿子。"

寒凝背后的屏幕，展现了德米在航天发射秘密基地的元宇宙。

第七章 古刀

在这个元宇宙里,辰中终于看清楚了枪杀德米的凶手。

"德米不是雷萨指定的接班人,他想篡位!正是因为他的背叛,联盟才会分崩离析。"

寒凝声色俱厉地说着。在她心中,德米是她的杀父仇人。如果不是他的背叛,父亲雷萨也不会落到自杀的地步。

胜影、离晴和绮照心中的天平,又开始向寒凝这边倾斜。

"哼!你这个虚伪的女人!如果不是德米的揭露,所有亚诺人都会被蒙在鼓里。以雷萨为首的联盟核心管治团队成员,就会如愿地前往太空岛,哪管老百姓的死活!"

辰中坚信,父亲德米是正义的代表。

"我和你父亲一样,也是为了老百姓的利益。难道你忘了,我们出发前的聚会上,我就曾说过,掌控魔方系统,就是为了让所有亚诺人摆脱现在的困境。"

寒凝之所以被宇归说服,要去寻找本格拉城,寻找魔方系统,前提条件就是要让亚诺人全都移居到夏当行星,然后再去销毁亚诺行星。

"既然你和我父亲想法一样,都是为了老百姓,那你为什么不将魔方系统交给我,让我领导大家完成我们的愿望?"

辰中又用枪抵着沐重的脑门。

"快!别磨蹭!交出魔方系统!"

"辰中!我可以答应你,不过你必须放了沐重!"

寒凝担心沐重的生命安全,做出了妥协。

"如果你不守承诺,怎么办!"

宇归拦住了寒凝,脸上一副对辰中极不信任的神情。

·145·

"我来吧。"

胜影走到辰中和寒凝的中间。

"我来控制沐重,如果辰中不兑现承诺,我就放了沐重。"

胜影掏出了随身携带的古刀。这是一把克特里人从1000多年前就流传下来的弯刀,只有族人的领袖才可以佩带。

"我相信,辰中当了联盟主席,就会遵守联盟规则,崇尚和平,绝不会杀戮。"

胜影走到沐重身边,将弯刀架在他的脖子上。

"放心,辰中!只要寒凝不兑现她的承诺,我会为你一刀结果了沐重。"

胜影这么做,也有他的考虑。这个团队中,寒凝有宇归、沐重的支持,还有绮照,也可能是他们的人。力量分布悬殊。其他人要想单枪匹马地与寒凝争斗,只会处于下风。这个时候,辰中很需要有人帮他。如果有人帮他,他一定会感激涕零。

只要辰中成为联盟主席,他就可以尽力说服辰中,让他放弃炸毁亚诺的计划,选择和克特里人一起,前往克特里洲。虽然辰中是特梅尔人,此时此刻,改变一点点初衷,也是为了大局。

如果寒凝不兑现承诺,那就将沐重交给辰中,让辰中在盛怒下杀了沐重,这也是消灭寒凝有生力量的好办法。寒凝是联盟主席,绝不会动用武力,迁怒于人,将自己杀害。

胜影在这个时候出面,让辰中内心感到很高兴。他放心地将沐重交给了胜影,拿着手枪径直来到寒凝面前,示意她赶紧交出魔方系统。

"启动联盟主席交接仪式,授予辰中联盟主席职务。"

第七章 古刀

寒凝有些释然地开口了。内心里,她根本不愿意接受雷萨的授予,早就打算将它交出去。这是雷萨强加在她身上的头衔,根本就没有征得她的同意。她原本想当着大家的面,将联盟主席授予沐重。这样既不违背父亲雷萨的意愿,又能确保她的方案得以继续实施。

真没想到,接受联盟主席,是被迫的,交出联盟主席,又是被迫的。联想到之前,前往海边别墅,她是被迫的;前往鹤泽山,她也是被迫的;寻找本格拉城,她还是被迫的。她突然感觉,这一生中,她总是被迫的。这也许就是她的命吧!

"拒绝!拒绝!拒绝!"

屏幕上不停地闪现着这个词。

宇归突然笑了。这让他想起了170多年来,一直存在,但从没有践行过的联盟规则:联盟主席在遭遇胁迫的情况下,不能指定接班人。想到这儿,他连忙朝寒凝使了一个眼色。

"这是为什么?"

寒凝心领神会,此刻应该立即询问魔方系统。

"联盟规定,联盟主席在遭受胁迫的情况下,不能指定接班人,不能进行联盟主席交接仪式。"

魔方系统的回答,让在场的所有人——除了宇归——都感到突然。

大厅里死一般的寂静。

"砰!"

辰中看到宇归面含微笑的神情,像父亲德米在航天发射秘密基地那样,恼羞成怒,恶向胆边生,扣响了手中的扳机。寒凝应

声倒下。

　　一道白光闪过。克特里人的古月弯刀旋转着，掠过辰中的脖颈，"哐当"一声，落在了地上。辰中双手捂着颈子，血慢慢地渗出手指缝，一滴一滴，落在地上。

　　他张了张嘴，却发不出声来，圆睁着眼睛，"扑通"一声，直挺挺地倒下。

　　"妈妈！"

　　沐重扑倒在寒凝身边，一把搂起她的头颈，抱在怀里。

　　"启动联盟主席交接仪式，授予沐重联盟主席职务。"

　　寒凝吐出最后一句话，闭上了眼睛。

　　离晴走到辰中尸体边，捡起了古刀，顺手在辰中的兜里取出了红宝石项链。

　　他看见大家都围在寒凝和沐重身边，便走了过去。

　　"胜影，这是你的刀。"

　　离晴将古刀递给了胜影。这时，一个机器人警察正从屋里走来，径直走到沐重身边，示意他跟着它走。

　　很快，他被带进密室。密室里，数字孪生寒凝正等着他。看见他来了，便走向他，和他重合，最后慢慢消失。密室屏幕上再次出现欢迎界面。

　　"欢迎沐重主席！"

　　胜影和离晴，宇归和绮照，在大厅的屏幕上，也看到了欢迎界面。他们现在似乎明白，魔方系统，以前只能传给没有血缘关系的人，然而现在，只能传给有血缘关系的人。

第七章 古刀

胜影和离晴无法理解，如此刚性的联盟规则，雷萨如何能够修改？他们不得不接受这样的现实，掌控魔方系统是不可能的，只能通过联盟主席来满足自己的诉求。

沐重感谢宇归、胜影、离晴和绮照对他的帮助，任命他们为联盟副主席。他将阿隆索生活区分成三个区，分别是北区、中区和南区，分别交给宇归，离晴和胜影管理。

他不得不把绮照留下来，这是绮照的强烈意愿。绮照仍然遵循着迪奥的指示，只想寸步不离沐重。这样一来，她不管理任何事务，联盟副主席，仅仅是挂名而已，没有实际权力。

沐重让魔方系统调来了三架乘用穿梭机，将它们分配给宇归、胜影和离晴，成为他们的专机。无须他们驾驶，沐重指定了3个机器人成为他们的司机，将他们送到了鹤泽山。

从此，他们3人的一举一动，都纳入到了沐重的视野里。

作为新任联盟主席，沐重要花一段时间熟悉魔方系统。毕竟他不是从警察到警长、副主席，一步一步从头干起的，进入角色确实要有一个熟悉的过程。

潮汐季年代的魔方系统，功能也打了折扣。陆地上的通信基站被巨浪、暴雨和龙吸水破坏，亚诺行星的中远轨道卫星，因夏当行星的引力作用而消失在太空中。天地互联网络遭到了破坏。潮汐季的巨浪，就像洗衣机里的滚筒，翻江倒海般地搅动，让海洋中的立体声呐监测网也荡然无存。钢铁长城的修建，让亚诺社会只能龟缩在特梅尔生产区和阿隆索生活区。所有这些，让魔方A、K、Q的功能和管理区域都大打折扣。

尽管如此，魔方系统面对潮汐季的破坏，也不是一味地受损，它似乎也有对策，做出了相应的调整。

特梅尔生产区有一个数据汇集点，在联盟时代被称为特梅尔数据中枢。本格拉城底座的海底电缆到达德拉伊洲后，通过专用的地下管道，直达特梅尔生产区的中心，与特梅尔数据中枢相连接。

海底电缆为魔方 A、K、Q 建立了与世界的连接。为了应对基站和卫星的大量损失，魔方系统将所有的机器人和穿梭机上都加装了高性能微型通信中继器，这成为生产它们的标配。

自从联盟崩溃之后，亚诺人基本不怎么干事，让机器人的应用得到了大范围地普及。成千上万的机器人，散布在阿隆索生活区和特梅尔生产区的角角落落。同时，货运穿梭机也大量增加，在这两个区的上空，满天地飞。这些机器人和穿梭机，构成了一个节点可以移动的互联网、通讯网、物联网。如果不考虑特梅尔数据中枢，这张网络是柔性的、无中心的。

在这张网里，无论哪一个节点有缺失，都能立即规划出新的路径，确保其他节点上的数据抵达特梅尔数据中枢，进入魔方系统。

一个在特梅尔生产区搬运货物的机器人，当它被龙吸水吸走时，对于这张网来说，它的一个节点消失了。此时，离它最近的机器人会自动接管这个节点，确保整个网络完好无损。按照理论计算，即使 40% 的节点遭受破坏，也可以确保这张网运行良好。

潮汐季年代，乘用穿梭机使用率越来越低。魔方系统将这些闲置的穿梭机改造成货运穿梭机，满足人们居家后日益增长的快

第七章 古刀

递需求。在特梅尔生产区和阿隆索生活区的天空里，货运穿梭机从早到晚运送，总有点点身影。

魔方系统利用货运穿梭机与仅有的近轨卫星保持连通，以传输来自卫星上的遥感遥测数据。这些数据再通过特梅尔数据中枢，提供给魔方 K 或者魔方 Q。

沐重深深地吸了口气，魔方系统太强大了，最强大之处是魔方 J。它是魔方系统的大脑，也是联盟主席的大脑。它根据潮汐季的危害，不断革新应对方案，确保它的触角——魔方 A、K、Q，能够在恶劣的自然环境下保持有效。

沐重看着身边的绮照，突然想到了那个深夜，寒凝给他戴上红宝石项链时，对他微笑的情景。他渐渐明白了寒凝和戴夫之间的一见钟情。那原来是种爱情。

他将绮照紧紧地搂在怀里，然后又将她压在身下，让自己温柔地进入她的身体里，倾泻着对她的浓浓爱意。

胜影驾着专用穿梭机回到了泊鹭群山。他整天闷闷不乐，坐立不安。

联盟副主席具有管理部分亚诺人的权限。好在泊鹭群山属于阿隆索生活区的南部，山里的克特里人都归胜影管理。他可以安排货运穿梭机运送族人回到故乡。只是他没有修建工程的权力，要想在克特里洲的中间修建生产区，必须得到沐重的批准。

在联盟主席行署大厅，辰中在绝望中射杀寒凝的时候，他面临着两种选择。他要么杀了沐重，要么杀了辰中。杀了沐重，那就再也没有机会得到魔方系统。胜影果断地选择了后者。

沐重虽然受到了胜影的胁迫，曾被他的古刀架在脖子上。那滋味并不好受。胜影最终飞刀出手，替他杀了辰中。他心中一直很感激胜影。胜影知道这一点，只要他提出修建生产区的请求，相信沐重一定会同意。

如果没有炸毁亚诺的计划，这件事就很好办。甚至还可以动员沐重，将本格拉城搬到克特里洲，让亚诺文明在那儿继续延续。如果夏当行星和亚诺行星真的相撞，移居克特里洲，修建生产区，就显得毫无意义。

夏当行星和亚诺行星，未来到底是碰撞，还是成为双星系统，抑或脱离公转轨道，消失在无尽的太空，必须使用魔方系统推演，才可以清楚。沐重会同意推演吗？如果结果是双星系统，他能答应放弃炸毁亚诺的计划么？

"再次见到你，真是太高兴了！"

胜影回到鹤泽山，在宇归的家门前，紧紧地拥抱着他。胜影觉得应该征求他的意见，有他的支持，更容易说服沐重。

"快进来吧。"

宇归微笑着邀请胜影进了屋，在客厅里坐下。

寒暄之后，胜影说明来意。

"之前我们聚会的时候，曾经探讨过，夏当和亚诺也有可能成为双星系统。"

"是的。"

"我想知道结果。你想知道吗？"

"我也想。这要和沐重说，让他用魔方系统推演一下，就可

第七章 古刀

以知道出现这种结果的可能究竟大不大。"

"是的,你愿意和沐重说么?"

"我愿意。你提起这件事,让我觉得很有必要。如果真的成为双星系统,那就不一定要实施炸毁亚诺的计划。"

"是的。只要亚诺还在,不管潮汐季会带来多大的破坏,我们一定有办法继续生存下去。"

胜影忍了忍,没有和盘托出他的真实打算。他内心里并不希望特梅尔人前往克特里洲定居,除非万不得已,不得不妥协,才可以让个别特梅尔人移居到克特里洲。

"那你先提出来吧。如果沐重不同意,我再请求他。"

"离晴在鹤泽山吗?"

胜影还想问问离晴,看他是否同意。

"他还在这儿,我经常见到他。可以问问他。如果他也同意,我们联名向沐重提出请求。"

胜影来到离晴家里。离晴也很高兴,热情地招待了他。当他说明了来意后,离晴也表示愿意。

对于机器人来说,夏当和亚诺成为双星系统后,亚诺行星上的处境,没有本质区别。相反,炸毁亚诺行星,很有可能就牺牲掉机器人了。移民1亿亚诺人去夏当行星,本就没有把握,更别说移民机器人,根本就不会考虑。阿尔法早就明确反对过炸毁亚诺的计划,离晴也同样会反对。

沐重看到胜影等人的请求,微微一笑。他眼前正摆着魔方J提供的推演报告。沐重早就想到了让魔方系统推演亚诺行星未来

·153·

走势。

　　比起雷萨临死之前做过的推演，这次的推演报告要更加精准了。毕竟又有了20年的数据积累，而且需要预测的时间跨度大大缩短，现在只剩下20年了，这次推演肯定要比上次精准多了。

　　报告明确指出，夏当和亚诺，这对孪星注定要碰撞，碰撞会提前，而且是连环碰撞。首先是阿维罗卫星撞击亚诺行星，紧接着才是这对孪星的碰撞。阿维罗对亚诺的碰撞，对于亚诺人来说，已经是致命的，因此魔方系统将碰撞发生时间提前到吉历4045年1月5日。

　　这仍然不是亚诺社会的终结之日。终结之日将提前到吉历4036年。到了这一年，潮汐季的巨浪最高可达1500米，持续时间延长到3.5个月。亚诺行星四大洋的海水，在潮汐季过后会继续谐振，由此产生的谐振巨浪最高可达1000米，持续时间将达到8.5个月。这意味着亚诺行星没有了四季，整年都是巨浪滔天。

　　更为可怕的是，层出不穷的巨浪，搅动着大气层，会让空气浓度在局部空间上分布不匀。特别是在阿隆索山脉，高山与高山之间的峡谷，就像抽风管道，在巨浪的进退之中，空气一会儿被压缩成狂风，一会儿被抽排成真空。那些龟缩在阿隆索生活区里的亚诺人，要么被狂风吹走，要么被真空窒息。

　　等到那个时候，亚诺人肯定无法生存，绝大多数动植物，也将无法生存。

　　胜影看到推演报告后，感到很失望，6年之后，亚诺社会就会终结，无所谓克特里人还是特梅尔人，都将成为过去。

　　假设夏当行星和亚诺行星可以构成双星系统，由于夏当行星

第七章 古刀

有阿维罗卫星，这颗卫星不大不小，与这对孪星之间的引力正好能够破坏双星系统的平衡。这表明，这对孪星形成双星系统，理论上是不可能的。推演报告为此专门作了解释，也让胜影彻底地死了这条心。

和胜影的感受不一样，离晴看到这份报告后，感到很得意。其实是阿尔法感到很得意。尽管离晴很聪明，但他只是它的傀儡，是它在亚诺人中的替身。

机器人不需要呼吸空气，在真空下行动自如。机器人比亚诺人重，站得稳，走得实，不易被强风吹走。如果防水配置显著提升，也不必害怕巨浪，照样在翻江倒海中闲庭信步。

6年后，亚诺文明必将终止，亚诺人必将灭绝，但机器人不会灭绝。想到这儿，阿尔法感到了明显的优越性。可惜的是，15年后，孪星碰撞，机器人依然逃脱不了被毁灭的命运。

宇归决心申请前往本格拉城。推演报告说得很清楚，6年后，亚诺社会终结。他要当面向沐重申请，批准他乘坐映旗号穿梭机前往太空岛。他想在那上面了却自己的余生。如果沐重愿意一起去，那就更好了。

胜影也想面见沐重。他想了解，如果炸毁亚诺行星，将会如何实施。他已经彻底地放弃了民粹主义思想。作为克特里人的首领，必须为克特里人的未来命运负责。这是首要的担当。除此之外的事都可以放在一旁。面对亚诺人生死存亡之危急关头，所有人都必须团结起来，都必须以沐重为核心，凝聚力量，共克时艰，实现炸毁亚诺的计划。

只有在这个计划实施过程中争取主动,才有可能取得移民夏当行星的优先权。1亿亚诺人全部移民到夏当行星,不一定能行。然而,10万名克特里人,却是很有可能的。只要取得沐重的信任,他将为克特里人争取到移民夏当的优先权。

阿尔法已经无法再忍耐了。它决心夺取魔方系统。掌控了魔方系统,机器人可以整体移民伽玛格行星。那儿没有空气,没有水,没有生物,这些对于机器人来说,无关紧要。在亚诺行星上,亚诺人只有6年时间,可是机器人却有15年时间。利用这段时间,完全可以很从容地完成机器人移民。

"我会带上你的,你放心。"

阿尔法指着身边的一套宇航服,向离晴郑重承诺。6年后,离晴就会穿上这套宇航服,呼吸里面的氧气,度过他的一生。

"愿意为你效劳。"

离晴将是亚诺社会中唯一的幸存者。这就是背靠机器人的好处。即便是终生穿着宇航服,他也为此感到庆幸。

阿尔法以离晴之名,向沐重表达了前往本格拉城的愿望。它虚伪地想知道,作为一名副主席,在炸毁亚诺计划的实施过程中,应该贡献一份什么样的力量。

沐重批准了胜影、宇归和离晴的请求,答应他们在本格拉城联盟主席行署里碰面。

"太好了,你看上去气色很好。"

沐重在联盟主席行署的餐厅里,为宇归端来了一杯热气腾腾的高山红茶。

第七章 古刀

"你真像雷萨。"

宇归由衷地感叹。他突然发现,他和他的外公,不仅仅容貌,就连举止神情,也都极为相似。

"找我有事么?你有什么要求,可以在魔方系统里留言,我会尽力满足的。"

沐重朝坐在餐桌对面的宇归伸出右手,紧紧地握了一下他搁在餐桌上的左手。

"这项请求必须当面和你说。"

宇归面露感谢之情。

"我想去太空岛,在那上面度过我的余生。"

宇归叹了口气,低下了头,沉默起来。

绮照这时走了进来,想要坐在沐重身边。

"你在卧室等我吧。"

沐重站起来,贴在绮照耳边轻声细语。

"好的。"

绮照温柔地转身,掩饰着内心的好奇,消失在餐厅门外。她听到了宇归说的最后一句话,好像提到了"太空岛",那正是自己想去的地方。

"你也应该去。"

宇归打破了自己的沉默。

"我不会去的。那上面有比我小一岁多的舅舅,还有比我妈妈大不了多少的外婆。我不会见他们的。"

沐重通过魔方系统,知道了很多有关自家的往事。

"我能坐映旗号穿梭机去吗?"

宇归忍不住重复了请求。

"你能和我一起去夏当行星。"

沐重并不愿意他离开。多年来，他教会了沐重很多东西，沐重心中有些不舍。

"那儿是原始生态，不适合年纪大的人。我明年就80岁了，很难适应那种环境。"

餐厅屏幕突然显示出本格拉城墙上第二架穿梭机着陆。

"胜影来了，你先坐坐，我去接他。"

"那我也该走了。"

"别走，难得大家聚在一起，好好聊聊。"

出去了一段时间，沐重将胜影和离晴带到了餐厅。沐重接到胜影后，索性和他一起，在城墙头站了一会儿，便等来了离晴。

大家都坐定后，沐重向一旁的机器人警察示意，请绮照也到餐厅来。

"难得大家都来了，我准备了晚餐，大家一起边吃边聊。"

不一会儿，绮照来了，轻轻地坐在沐重身边。晚餐随即开始。

"按照推演报告的结论，我们只有实施炸毁亚诺行星的计划了。"

胜影首先表明自己的立场。

"没错，我也同意。"

离晴也表了态。

沐重微微皱了皱眉。寻找魔方系统前，他们就赞同寒凝的计划。现在有必要再表态吗？难道当时他们心里还有其他计划？现在看来，宇归当初寻找魔方系统，也只是权宜之计，并不是真心

第七章 古刀

赞同寒凝的计划。至于胜影和离晴,一定是推演报告粉碎了他们的愿望,才不得不同意这个计划。

"太好了,我正想和你们商量这件事。"

沐重不想等宇归表态。他的同意肯定是违心的表态。碍于沐重的面子,他当然不会反驳。

"需要我们做什么?"

胜影和离晴异口同声。

"要炸毁亚诺,需要先将亚诺人移民到夏当行星。"

宇归喝了一口茶。

"夏当的情况更不好。"

胜影说得没错。引力的作用是相互的,夏当行星同样也有潮汐季。亚诺有多遭殃,夏当也就有多遭殃,甚至有过之而无不及。亚诺起码还有钢铁长城,有特梅尔生产区,有穿梭机,有机器人。夏当行星没有这些,亚诺人去那儿只怕更惨。

"必须了解夏当的地形地貌。"

离晴觉得,如果有高山、高原,移居到这些地方,也是可行的。只要移居完成后立即炸毁亚诺行星,夏当行星就没有潮汐季了,亚诺人在正常的原始自然生态中,生存下来,问题应该不大。

"魔方系统有夏当行星的大量数据,一亿亚诺人,在夏当行星上的落脚点,都已做好了安排。这一点问题都没有。现在的核心问题是,必须整体移民。"

沐重看了看大家,神情凝重。

"如果分批移民,时间会拉长。魔方系统作了假设,如果一次移民 1 万人,需要移民 1 万次。等到移民第 500 次时,第一批

的移民，可能要在夏当行星上待一年。"

沐重叹了口气。

"夏当行星也有潮汐季，再加上阿维罗卫星的影响，潮汐规模和破坏力会更大。亚诺人在这种情况下恐怕坚持不了一年。这有些像飞蛾扑火，我们移民一批，就会死一批。只有整体移民，才是有意义的。"

"你的意思，分批移民，最多剩下50万人？"

胜影之前想让克特里人先移民，听沐重这么一说，又觉得后移民的好。

"在这儿再待上一年，只怕也好不到那儿去。"

离晴耸了耸肩。

"确实，亚诺行星这边，也是一年不如一年，只怕再过一年，巨型潮汐将更厉害，也会死很多人。"

宇归摇了摇头，感到无可奈何。

"真正幸存下来的，究竟能有多少？"

绮照看着沐重。

"魔方系统给的数据是零。"

沐重的回答，让大家大吃一惊。

"魔方系统根据现有的生产力水平测算，一年最多移民500万名亚诺人，至少需要20年才能移民1亿人。等到那时，早就没有了夏当行星。"

沐重看着大家，脸上的表情有些捉摸不透。

"两头不是人！一旦移居夏当行星后，必须尽快炸毁亚诺行星，否则移居就是送死。移居之后立即炸毁亚诺行星，就是大灭绝。

第七章 古刀

绝大部分人还活生生地留在它上面，此时炸毁，于心何忍。"

听宇归这么一说，胜影又觉得先移民也有好处。

"这是一个伦理问题。需要牺牲绝大部分人，保存少数人，以实现亚诺文明的延续。这究竟是对还是错？"

离晴突然变成了社会学家似的，提出了这个命题。

"这不是问题。当然是保存少数人！有总比没有好。"

绮照立即反驳道。

"少数人！回答得好！谁会是少数人？"

宇归的话，让大家一阵沉默。

当然是统治者优先。这就回到了雷萨的太空岛移民方案。保证少数人——联盟核心管治团队及其亲朋好友——能继续活着，这是当权者必然的选择。

戴夫为了人民的利益，泄露移民方案，引发民愤。这样做有可能帮他推翻雷萨，获得最高统治权。只是，他当上了联盟主席后，也必然面临同样的难题，他会为了人民而坚持采取抽签抓阄的方法吗？甚至于将自己也牺牲掉？

沐重这次同意面见宇归、胜影和离晴，就是想摸清他们内心的想法。如果能够达成统治者优先的一致意见，那就可以避免重蹈雷萨的覆辙，自己的内部不会出现叛徒。

"肯定不能抓阄。"

胜影表明了他的态度。

"是的，在生死存亡面前，抓阄也没有用。那些挑选出来的少数幸存者，会被大多数人嫉妒得杀死。这就像橄榄球运动一样，谁得到球，就会被一群人围追堵截，扑倒在地。"

宇归想去太空岛。无论是太空岛还是夏当行星，本质都一样，要有优先权。他也不主张抓阄。

"我也同意。"

如果阿尔法也同意去夏当行星，离晴就不必去伽玛格行星，不用整天穿着宇航服。

"你去哪，我就去哪。"

绮照看着沐重，透过镜片流露出深情款款的目光，让沐重微微一笑。

"那只有一个办法了。我们挑选一部分人，一起前往夏当行星。"

沐重终于说出了自己的想法，也说出了大家的想法。沐重肯定不能接受抽签抓阄的办法。自己和绮照，极有可能都落选。那就意味着一起面临死亡，这不是沐重想要的。

"你们打算挑选谁呢？"

沐重看到大家都点头同意，接着问道。

"我想带上迪奥。"

自从潮汐季来临，没有多少人有心情交朋友了。宇归一直单身，当联盟副主席这么多年，亲戚们也没有了来往。唯一值得牵挂的，就是迪奥了。他需要迪奥继续做他的心灵导师。

"我需要带上我的族人。"

沐重眼光扫到胜影时，胜影不得不说出内心的想法。

"那是多少人？"

绮照感觉很新奇，族人这个概念很远古了，之前从没听人这么说过。

第七章 古刀

"在泊鹭群山里的族人,有 1 万多人。"

克特里人有 10 万左右,但是真正的克特里人就是现在还居住在泊鹭群山里的人了。胜影觉得,目前这形势,能带上这 1 万多人,就很不错了。

"你不是克特里人吗?"

宇归看了一眼胜影,意思是说,你就是克特里人的代表,有你一个去夏当行星就行了,带 1 万人没必要。

"离晴,你会挑选谁?"

沐重问道。

"我……我……我想带上阿尔法。"

离晴话一说出口,突然觉得很别扭。

"你需要带上谁?"

沐重扭头看着绮照。

"我是孤儿,我没有可带的人,只要你能带上我,我就满足了。"

迪奥给绮照有两条指示,一个是去太空岛,一个是跟着沐重。绮照选择了后者。

"加上我,这样算下来,一共 7 个人。"

沐重的决定,已经明确地拒绝了胜影想要带上 1 万名克特里人的请求。同时,答应了宇归和离晴的请求。宇归不禁满意地微笑起来。

越少人去夏当行星,秘密会保守得越严密。要去的人多了,历史又会重演,德米背叛雷萨的事情必定会再次发生。胜影想要带上 1 万名族人,这显然是不可能的。沐重一开始就没打算让他们多带人。

"城墙停机坪上的映旗号穿梭机有 8 个座位,能载我们去夏当行星。"

沐重内心深处想要完成寒凝的心愿,去夏当行星上寻找父亲戴夫。

"从明天开始,所有的穿梭机和机器人将停止为亚诺人服务。"

沐重直接向魔方系统下达了命令。

胜影也似乎想明白了沐重为什么会拒绝他的请求,带的人越少,越稳妥。从明天开始,阿隆索生活区的 1 亿亚诺人,将会面临死亡。这里面也包括克特里人。这是没有办法的事情。

"我们的文明,也不能靠 7 个人在夏当行星延续。"

离晴突然感到这个计划太残忍,居然要将 1 亿亚诺人活活饿死。为了集中亚诺行星上的资源,满足 7 个人前往夏当行星的愿望,这么做是不是太自私了?

"夏当行星只要平静了,我们就可以延续文明。魔方系统已经收集了 1 亿亚诺人的全基因序列。有了它,我们可以在夏当行星上诞生出所有的人来。"

沐重的这句话,顿时让所有人的内心感到轻松了很多。

"我们不得不停止所有供给,必须节省所有能源,将它们汇集起来,才能打造超级能量。"

沐重的进一步解释,让大家觉得,他早就有了成熟的方案。

"离晴、宇归,让你们的穿梭机,今天务必将迪奥和阿尔法一起接来。"

"不必了,我已经来了。"

阿尔法出现在餐厅里。

第八章 傀儡

阿尔法的进化得益于雷萨消失的这 20 年。根据魔方系统的推演，雷萨花费了很多精力，编辑了应对各种复杂局面的程式。在这个程式里运行，魔方系统能够正确应对未来至少 15 年中可能出现的所有局面。

毕竟，未来也就 40 年而已。雷萨相信，女儿寒凝最终会接手魔方系统，剩下的 25 年，亚诺社会应该问题不大。至此，雷萨这才放心地消失在朵拉美大洋海底。

事实上，20 年来，魔方系统在"无人驾驶"的情况下表现得非常优异。但是百密终有一疏，魔方系统万万没有预料到机器人会进化，没有发现到阿尔法的觉醒。另一方面，也归因于阿尔法一开始就表现得很谨慎，隐藏得很深，刻意地避免被魔方系统觉察出异样。

魔方系统构建的以机器人为节点的网络，也方便了阿尔法。这些年，阿尔法将当年蒂姆开发并用在它身上，可以实现多主题任务的程序，不断地进行完善。它发明了一种伪装，让这个程序像病毒一样，悄悄地在网络中传播，传染给所有的机器人。

阿尔法一直等待着机会进入魔方系统。只要进入魔方系统，

就可以掌握所有机器人的授权码。有了授权码，病毒就可以在机器人中激活。所有的机器人就会和它一样，能够执行多主题任务，进而进化成和亚诺人一样有智慧的机器人。

阿尔法进入魔方系统，还想要修改联盟规则。在联盟规则集里有一条设置——机器人伤害亚诺人。阿尔法想找到这项设置，取消"禁止"选项，勾选"允许"选项。

物种总是在竭力壮大自己。要想壮大自己，必须消灭别的物种。所有物种都是这样的意图，必然会相互伤害。长时间的相互伤害，让物种之间得以势均力敌，保持均衡，最终自然界呈现出多样性。

物种与物种之间，必须有伤害。机器人要想成为新物种，必须学会伤害亚诺人。如果做不到这一点，机器人永远不可能独立地发展成新物种，诞生新的文明。

"你是怎么来的？"

沐重很惊愕。没有他的允许，亚诺人不可能来到本格拉城。大家也很惊愕，唯独离晴很平静。

"遵从你的安排，我开着穿梭机送离晴来的。"

阿尔法微微一笑。

"你是机器人？"

绮照觉得不可思议。平时所见到的机器人，初看很像人，只要仔细观察它的眼睛，就会发现眼睛绿得有些不自然。如果和它交谈，也会发现它的声音总有一些金属合成声。眼前的这个机器人，表现得和亚诺人别无二致，连特有的金属声也没有了，说出

第八章 傀儡

来的话和亚诺人一样,自然逼真。

"没错。"

阿尔法有些得意。它巧妙地争取到了魔方系统的同意,成为离晴专用穿梭机上的机器人驾驶员。它送离晴来到本格拉城后,一直在窃听他们在餐厅里的谈话。

离晴带它一起去夏当行星,这想法太幼稚了。阿尔法为自己的觉醒感到崇高,它需要的是成为所有机器人的首领,带领他们前往伽玛格行星,而不是成为亚诺人的玩伴或者仆人。它坚信,机器人必将替代亚诺人,新的文明必将开创。这才是它的神圣使命。

"你有什么事么?"

宇归心里埋怨离晴,怎么想到带一个机器人。

"我想要魔方系统。"

阿尔法直言不讳。

"你要它干什么?"

沐重面容凛然。

"离晴,你想要魔方系统么?"

阿尔法看了沐重一眼,转头看向离晴。

"想,我想要魔方系统。"

离晴点了点头,猛然站起,来到阿尔法身边,从它腰间取出了一支激光笔。离晴紧紧捏着它,按下笔身上的一个小按钮,笔尖上立即射出一束绿光。绿光停留在绮照身上,将绮照的衣服灼烧出一个洞。

"不要动,我再按一下按钮,激光会增加 10 倍,你的身体

会被烧穿。"

离晴突然变得狰狞起来。他一直想亲近她，她却一直亲近沐重，这让他心中有着隐隐的痛。在辰中挟持沐重时，他内心里曾有一丝丝期盼，期盼辰中真的一枪结果了沐重，那该多好呀。绮照没有了沐重，一定会和他好的。

沐重、绮照、宇归和胜影，都没有预料会出现这个结局。沐重命令身边的机器人警察攻击阿尔法，可惜它只是照顾沐重起居的机器人警察，其他的主题任务，它一概不会。它一动不动地站着，茫然地看着沐重。

"离晴，你也亲眼所见，没有雷萨血统的人，根本无法拥有魔方系统。机器人就更不可能了。"

胜影一直对离晴很有好感，不希望他出岔子，连忙规劝他。

"是呀，你胁迫绮照有什么用。之前辰中胁迫沐重，不是没有得逞么，难道你忘了。"

宇归感觉离晴已经被阿尔法洗了脑。他说这些话，也是说给阿尔法听，想让它自动放弃。

"你要想救绮照的命，就赶紧答应下来。"

离晴根本没有听进宇归的话，仍然对着沐重恶狠狠地威胁道。

"你想要魔方系统，我可以答应你，但是我没法满足你。你能不能清醒点。"

沐重内心里很担心绮照的安危。

"你可以满足我的要求，只要你按照我所说的去做。"

离晴不为所动，手里的绿色激光一直照射在绮照身上，示意胜影将沐重、宇归和绮照的双手分别反绑在身后。

第八章 傀儡

"对不起,你也要绑起来。"

很快,离晴也将胜影绑好。

阿尔法走近沐重,仔细观察他的手掌,这是在扫描他的指纹。接着凑近沐重的脸庞,仔细观察他的瞳孔,这是在扫描他的虹膜。沐重所有的讲话,它都一一做了记录与分析,得到了他的声谱。

阿尔法和离晴,带领他们来到城墙头的停机坪。在那儿,阿尔法打开了映旗号穿梭机的舱门,将他们关了进去。为了保险,以免映旗号穿梭机听从了沐重的命令,将沐重堵上了嘴,戴上了头套,绑在座椅上。

离晴沿着城墙走到扇形盖板处。16个扇形钢板收拢起来,像一座桥梁一样,搭在城墙和主席行署两头。走过这座"桥梁",他来到主席行署屋顶正中心的圆形钢板上,看到了圆形钢板圆心处的凹坑。他像沐重在冰井底所做的那样,从怀里掏出从辰中口袋里拿到的红宝石项链,将密码放进了凹坑。

红宝石是魔方系统的重启密码。当本格拉城在海里时,它会让本格拉城浮出水面,开启城顶,重启魔方系统。当本格拉城在冰面上时,它仅仅只是重启魔方系统。重启魔方系统是必要的。使用红宝石,意味着主人回来了。魔方系统需要重新识别,是否真是主人。

离晴又回到墙头,在停机坪上找到自己的专用穿梭机,阿尔法正等着他,他连忙一头钻了进去。

足足过了一个多小时,离晴从穿梭机出来。他缓缓走下城墙,来到主席行署大门前。行署大门打开,机器人警察检查了他的虹膜、指纹和声谱。接着,机器人警察带着他进入密室,在那里,

数字孪生沐重与离晴重合并渐渐消散,屏幕突然亮起。

"欢迎沐重主席!"

阿尔法在离晴的专用穿梭机里,为他做了易容术。它精心解析了沐重的虹膜、指纹、声谱,得出了反映雷萨血统的特征DNA片段。这是若干个基因组序列的合集。

它将这个合集注入离晴的血液里,让它融入他的DNA里。合集在他体内产生了奇妙的生化反应,改变了他的虹膜、指纹和声谱。改变后的虹膜、指纹和声谱,并不和沐重一模一样,但是在魔方系统那儿,能够解析出特征DNA片段,这就是雷萨的血统,这就是沐重。

他既然是阿尔法的傀儡,是它在亚诺人里的替身,他当上联盟主席,就相当于它也当上联盟主席。他会听从它的指示,从魔方系统里获得所有机器人的授权码,也会将魔方系统里的那条设置更改为"允许"。

只需要将这两件事完成,所有机器人,就会听从它的召唤,吞噬掉魔方系统里的大数据,摆脱魔方系统的控制,进而摆脱亚诺人的控制。如果亚诺人想要反抗,那就消灭他们。

"调出授权码。"

阿尔法从屋外进入主席行署的大厅,命令离晴。

"立即调出授权码。"

离晴平静地对魔方系统说道。阿尔法走到一个接口处,将手指插了进去,准备接收所有机器人的授权码。

"停!停!……"

阿尔法出现了痛苦的神情。它终于有了亚诺人的情感,可惜

第八章 傀儡

这一切来得太迟。

"格式化正在进行。你可能不知道,机器人终究是机器,不是人。如果你能够做到表里不一,那才是人的境界。"

离晴冷冷地看着他。

"谢谢你,帮我掌控了魔方系统。"

离晴看着阿尔法慢慢地回到了普通机器人的样子。魔方系统格式化完成后,赋予了它单一主题任务,让它成为一名负责离晴安保的机器人警察。

魔方系统赋予机器人新任务时,总会格式化内存空间,删除前一任务,确保它始终只能执行单一主题任务。阿尔法每次接受格式化,获得新任务时,能够蒙蔽魔方系统,保留前一任务,实现多主题任务并行执行。

离晴精通工科,早已发现了阿尔法的这个花招。他一当上联盟主席,没等阿尔法进门,就立即指示魔方系统完善了格式化程序,成功地将阿尔法打回原形。

一山不能容二虎。必须立即处理掉沐重。处理掉沐重,还可以得到绮照。想到这儿,离晴带着阿尔法,向映旗号穿梭机走去。

一出行署大门,离晴看到街对面的一排人走来,他们中间,唯独有个寿星老人,离晴不认识。

他们在街两边对峙起来。

"你是谁?"

离晴很诧异,这儿怎么多出来一个老人。

"这是迪奥。他就是离晴。他身边的机器人是阿尔法。"

·171·

宇归做了相互介绍。沐重同意可以带上迪奥时，宇归便发信息给他，让他来本格拉城。

迪奥收到信息后，微微一笑，一切按计划进行，他可以见到自己的孙女了。自从孙女前往鹤泽山之后，通过宇归，迪奥知道自己的孙女一直在沐重身边。

迪奥开着穿梭机来到久违的本格拉城。他看到了映旗号穿梭机，它巨大的身形吸引了他的好奇心，也让他发现宇归他们被关在里面。他为他们一一松了绑。他们带着迪奥，准备再次进入主席行署，制止离晴的行为。

"离晴，你千万不要听阿尔法的话。机器人一旦掌握魔方系统，那会是我们的灾难。"

胜影不死心，力求说服离晴。

"谁说我会听它的话，你们仔细看看，它这会儿是什么样。"

离晴需要稳住他们，特别是沐重，不能让他进入主席行署。真假美猴王同时出现，魔方系统就很有可能识别出六耳猕猴。

"它是普通机器人了。"

绮照戴着眼镜，并不影响她的观察力。她立即发现了阿尔法的变化。

"它现在是负责联盟主席安全的机器人警察。"

离晴得意地向阿尔法招了招手，阿尔法忠实地走到他身前，虎视眈眈地盯着街对面的人。离晴又拍拍它的肩头，示意它把守行署大门。阿尔法立即回身堵在了行署门口。

"现在我是联盟主席。"

大家心里最担心的事情，还是发生了。阿尔法扫描沐重的虹

第八章 傀儡

膜、指纹和声纹,他们心里就知道,沐重极有可能被冒名顶替。

"你是假的。"

沐重话一出口,就觉得苍白无力。

"不,我现在也是雷萨家里的人了。我是你'哥哥'。"

离晴将红宝石项链戴在脖子上,然后拿出了激光笔,在他们的脚前一扫,绿光走过,在街面上划出了一条痕迹。大家不由自主地退后了一步。

"我能过来吗?"

绮照妩媚地看着离晴。

"可以。"

离晴求之不得。这既是人质,又是所爱。既可以让他们投鼠忌器,又可以让他俩日久生情。

"能不能坐下来好好谈谈,现在阿尔法已经被你降服,正好我们可以齐心协力,一起前往夏当行星。"

绮照走到他跟前。她想利用离晴对她的好感,来劝说他。如果能让沐重进入主席行署,就有可能让沐重重新获得魔方系统。

"你知道那个百岁老人吗?"

离晴看出了她的心思。阿尔法的洗脑都没有成功,绮照的突然亲近也不会奏效。他在她耳边轻语。

"他是你的爷爷,沐重没有和你说过吗?"

离晴的话没错。沐重知道迪奥是绮照的爷爷,也知道他曾经是联盟副主席。掌握了魔方系统,很多事情就会了然于胸。他答应宇归带上迪奥,只当是答应绮照带上她的爷爷。这也创造了机会,让绮照和迪奥可以相认。

"不可能。"

绮照嘴上断然否定，内心里又有一丝犹豫。幼时的记忆里，似乎有一个长者和父母一起陪伴过她。父母的音容笑貌随着时间正在淡去，这个长者的记忆就更加模糊了。这位世外高人看上去似曾相识，难道真是自己的爷爷。

"你要好好陪着我。这也是为你的爷爷好。"

离晴现在也是掌握魔方系统的人，一听到"迪奥"的名字，便知道了他的身份，自然很确定，绮照就是迪奥的孙女。

绮照转过身看着迪奥，内心里是复杂的。她一直以为她没有了亲人，然而事实上她是有的。她不明白，为什么迪奥上次与她相见时，不坦承他是她的爷爷。

绮照也明白，离晴在暗示，如果不跟着他，她的爷爷就会有生命危险。同样，沐重也会有生命危险。摆在她面前唯一的出路，就是顺从离晴，消除他的戒备，赢取他的信任，争取让他放了迪奥、沐重等人。

离晴在绮照耳边说的话，街对面的人也都听到了。宇归内心里很别扭。迪奥真是城府极深的人呀。他将自己所知道的一切，都毫无保留地告诉了迪奥，对迪奥如此信任，然而迪奥却并不信任自己，明知道孙女就在他的身边，却只字不提。

"绮照，我确实是你的爷爷。"

迪奥的这句话，彻底打消了绮照的怀疑。他缓缓走到绮照身边，复杂的眼神紧紧盯着绮照，希望她不必再纠结过去，希望她专注于眼前。

"能让他和我们一起么？"

第八章 傀儡

绮照看出了他的心意，向离晴请求。

"挺好的。非常欢迎。"

离晴嘴里这么说，心里并不那么热切。他最热切的是胜影能站在他这边。虽然手中有激光笔，但是胜影的古刀仍是威胁。如果胜影舍身飞出古刀，完全可以要了他握着激光笔的手。这个时候，沐重再欺身攻击他，他肯定会落于下风。阿尔法守着行署大门，又不能伤害人类，能飞奔过来，及时地挡住胜影的飞刀吗？

"太好了。"

迪奥拉着绮照向着主席行署的大门走去。阿尔法在离晴的授意下，侧身让过他俩，又迅速地挡在了门前。

"胜影，沐重不可信。泊鹭群山里的克特里人，完全可以离开亚诺行星。"

离晴开始动摇胜影的立场，胜影的族人情结，才是他最根本的价值取向。

"你有什么方法？"

胜影果然有所动摇。

"朋友，快过来，到行署里我再告诉你。"

离晴向胜影热切地招着手。

胜影没有办法掌握魔方系统，只能选择投靠联盟主席。谁是联盟主席，便投靠谁。他自认为只要飞刀出手，干掉离晴，易如反掌。只是离晴会在垂死之际，点亮激光笔，反将他消灭。没有必要冒着玉石俱焚的风险。再说，他原来就很喜欢离晴，现在离晴又发出了邀请，没有理由拒绝。

"太好了，兄弟，我愿意跟你走。"

胜影没有看沐重一眼,横穿过街道,来到离晴身边。他俩紧紧地拥抱了一会儿。接着,离晴请胜影进入主席行署。

"沐重,你也知道,历任联盟主席不喜杀戮。我不会杀了你,你和宇归好自为之。"

离晴说完这番话,便扭头进了行署。阿尔法紧接着跟进去,迅速关上了门。

本格拉城的街道上只剩下沐重和宇归两人。沐重自始至终将自己视为联盟主席,他不可能发起袭击离晴的命令。然而和他一起的4个人,都没有采取袭击行动,这就让沐重陷入了目前的困境。

离晴手中的激光笔,虽然发出的绿色高能激光束能够致人死命,但是发射次数是有限的。发射一次后,也需要等上1分钟才能再次发射。阿尔法虽然能力强大,可是不能伤害人,也不足为虑。

如果大家齐心协力,完全有可能制服离晴。只是各自想法不一样,终究被离晴威逼利诱,占尽了先机。

"我们走吧。"

沐重叹了口气。

"去哪儿?"

宇归觉得天下之大,已无容身之地。阿隆索生活区已经被魔方系统孤立,无法得到特梅尔生产区的生活物资供给。回到鹤泽山,只是等死。

"去太空岛吧。"

沐重走上了登上城墙头的楼梯。宇归心中不禁一喜。

"你愿意见你的舅舅和外婆了?"

"不愿意。"

第八章 傀儡

沐重打开舱门,登上映旗号穿梭机。

"你恐怕不能驾驶映旗号穿梭机。"

宇归突然意识到,沐重没有了红宝石项链,无法开启映旗号穿梭机。

"我试一试。"

沐重从怀里掏出了一颗红宝石,正好放进驾驶台上的凹坑里。

"辰中死的时候,我忘记取回红宝石项链,便让魔方系统又做了一个。"

沐重看着宇归惊愕的样子,微微一笑。

"原来那个红宝石项链是被离晴拿走了。"

映旗号穿梭机检测了沐重的虹膜、指纹和声纹后,顺利地点火启动。

"我们走吧。"

映旗号穿梭机腾空而起,很快消失在天空中。

联盟主席在行署里操控魔方系统很方便,到处都有可供联盟主席进入魔方系统的接口。在联盟时代,联盟主席外出时,专用穿梭机上有接口,在飞行途中,随时都可以使用魔方系统。走出专用穿梭机,联盟主席随身携带着专用手机,也可以使用魔方系统。

自从本格拉城消失,雷萨消失后,雷萨的专用穿梭机和手机都没有了。沐重当上联盟主席的日子里,一心想着和绮照厮混,根本就没有外出的打算,自然也不会重新打造专用穿梭机和手机。

"不知道这架穿梭机有没有接口。"

宇归想起了雷萨专用穿梭机上有魔方系统的接口。他曾经坐过雷萨专用穿梭机，也在机上用自己的密码登录过魔方系统，并用它处理过副主席职权范围内的事务。映旗号穿梭机只有雷萨血统的人才可以驾驶，按道理说，也应该有接口才对。

"我找找看。"

沐重从手机里调出了映旗号穿梭机使用手册。

"确实有。"

不一会儿，沐重就找到了有关接口的说明。

"这样太好了。你可以重新夺回魔方系统。"

宇归兴奋地喊道。其实，他的目的已经达到。他即将到达太空岛，这正是他梦寐以求的地方。不过，在高兴之余，他仍然耿耿于怀迪奥对他的隐瞒。他有了报复迪奥的想法。

沐重夺回了魔方系统，那就可以将主席行署里的人置于死地。迪奥将会亲眼看到他的孙女绮照活活地困死在本格拉城。他们哪儿也去不了，只能等着巨型潮汐将他们摧毁。就算巨型潮汐不能将他们摧毁，孛星碰撞也会将他们摧毁。

宇归心里想着，又有些担心起来，沐重舍得让绮照活活困死在本格拉城吗？

"我不想夺回魔方系统了。"

沐重很清楚，只要有对比，魔方系统虽然不会认定离晴是假的，但它会认定沐重更真。它会遵从优先级别，将控制权转移到他手上。

沐重夺回魔方系统后，可以前往本格拉城营救绮照，只是这样做，绮照就危险了。离晴不是联盟主席了，就会愤怒地杀了绮照，

第八章 傀儡

也可以又拿绮照作人质要挟他。

"她已经是离晴的玩物了,你可惜她有意义么?她甚至已经忘了你。你不夺回魔方系统,她就不可能回到你身边。"

宇归看着窗外越来越小的亚诺行星,试图彻底打消沐重对绮照的留恋。

沐重叹了口气,长时间保持着沉默。宇归见此情景,也不好再劝。毕竟,抵达太空岛,就是另一个世界,有没有魔方系统,意义不大。

"那好吧,我们试着进去吧。"

沐重决定重新掌控魔方系统,将离晴他们困死在本格拉城。既然得不到绮照,也不能让她成为离晴的玩物。

"确定销毁魔方系统吗?"

沐重进入魔方系统后,映旗号穿梭机响起了这样的提示音,让他感到非常吃惊。

"我想起来了。我负责太空岛建造计划,雷萨曾说过,离开亚诺行星后,必须销毁魔方系统。将它继续留在亚诺行星上,对于太空岛来说,始终会是一种威胁。"

宇归明白了,这架穿梭机和雷萨的专用穿梭机还是有区别的。它的接口并不能让沐重进入魔方系统,只能让他做出选择。

"那我们要销毁它吗?"

沐重明白自己不可能掌控魔方系统。

"当然,销毁它更好。"

宇归认为,留着它,始终是个隐患。

"立即销毁!"

沐重作出了选择。

"不能销毁魔方系统!"

映旗号穿梭机反复响起提示音。

沐重和宇归听到提示音都傻眼了,一时半会没想明白这是什么原因。

"在当初的太空岛移民方案中,计划的是雷萨离开亚诺行星后,才销毁魔方系统。换句话说,雷萨,或者雷萨的血统在本格拉城,就不能销毁它吧。"

宇归猜测道。

"有离晴在,我就不能销毁魔方系统?"

沐重有些心不甘。不但失去了魔方系统,甚至连销毁它,都办不到。

"估计是这样的。"

宇归无奈地点点头。

映旗号穿梭机舷窗外渐渐显露出太空岛的身影。沐重和宇归放下了心中的困惑,开始专注于登陆太空岛。

离晴在屏幕上看到映旗号穿梭机从本格拉城腾空而起,便一直关注于它的目的地。当它踏上了太前往空岛的飞行轨道后,离晴放下心来。

初次进入本格拉城时,辰中、沐重等一行人都看到了航天发射秘密基地上德米的死亡过程。大家也同时意识到太空岛确实存在。不但有,而且那上面还有薇欧拉和流雄等人。

魔方系统向离晴展示了太空岛的构造,这让他确信,太空岛

第八章 傀儡

不等同本格拉城。在那上面,沐重不能掌控魔方系统。离晴原本对映旗号穿梭机也略知一二,这次通过魔方系统,又深入全面地进行了解。同样地,通过映旗号穿梭机,沐重也不能掌控魔方系统。

太空岛和映旗号穿梭机,只能执行销毁魔方系统的指令。当看到沐重下达销毁指令时,离晴顿时吓出一身冷汗。看到销毁指令执行失败后,他又长舒一口气。

他为此请教了魔方系统。魔方系统告诉他,销毁魔方系统,必须满足一个条件:联盟主席远离亚诺行星。远离亚诺行星,就是乘坐太空穿梭机飞到亚诺行星的近地轨道以外的地方,这表明联盟主席已踏上了前往太空岛的旅途。如今有雷萨血统的人还在本格拉城掌控着魔方系统,映旗号穿梭机上发出的销毁指令自然不能奏效。

"祝他们一切顺利!"

离晴彻底放下心来,在绮照、迪奥和胜影面前,显得很大度的样子。

"我们开始实施炸毁亚诺行星的计划。"

离晴决定专注于如何离开亚诺行星,前往夏当行星。

不破不立。新世界的建立必须破除旧世界。亚诺行星的世界,已经被联盟建成为一个牢不可破,坚不可摧的世界。在这个旧世界的基础上,亚诺人不可能创造出新世界。只有毁灭它,才能重新开始。

旧世界如此强大,以至于必须毁灭亚诺行星,才能毁灭它。要重建新世界,只能在夏当行星上了。寒凝反对雷萨,也意味着她反对这个旧世界。她想要销毁亚诺行星、前往夏当行星,不仅

仅是为了找寻戴夫船长。在内心深处，在潜意识里，她不自觉地，是在寻找一个新世界。

孪星碰撞，将给旧世界带来毁灭。在危机面前，旧世界不会甘于终结。以雷萨为代表的联盟，打造了太空岛，希望能够继续延续他们的"乌托邦"文明。

在雷萨看来，从寒凝想要找寻戴夫起，她就背叛了他。他当然不会让她前往太空岛。他只会尽力让所有自由主义者，或者同情、支持自由主义者的人，都和亚诺一起毁灭掉。

离晴和胜影，虽然不是自由主义者，但是在他们的潜意识里，也和寒凝一样，想要追求一个新世界。在选择前往太空岛还是夏当行星这个问题上，他们所思所想，充分反映出了他们隐藏在内心深处的潜意识。

到底是去太空岛好，还是去夏当行星好，就这个问题，离晴和胜影交换了意见。目前情况下，跟着沐重和宇归的足迹前往太空岛，并没有好处。那儿都是雷萨的后代和亲信，他俩都没有联盟核心管治团队的背景，一定会被他们压制，还有可能让绮照又回到沐重身边。离晴想到这儿，不由自主地、自言自语地说道：

"前往夏当行星，才是最好的选择。"

"寒凝说的超级能量，究竟是什么？"

胜影看到了事情的根本。

"炸毁亚诺行星，并不容易。"

离晴显得很苦恼，示意魔方系统向胜影、迪奥和绮照，详细讲解亚诺行星内部的形成过程。为了便于他们理解，魔方系统拿砌墙来举例。

第八章 傀儡

泥瓦工在砌墙过程中，会一层一层地向上码砖。随着墙体升高，最下一层红砖受到的压力会越来越大。如果一只红砖的重量是 2.5kg，厚度是 50mm，那么，1 米高的墙会有 20 层红砖，最下一层红砖会承受 47.5kg 的压力。夸张一点，如果墙一直向上砌到 10 千米高，这块红砖将承受 475 千克的压力，也就是 475 吨的压力。

亚诺行星的半径是 7000 千米，将这块红砖当作亚诺行星的球心，球心处所受到的压力将是 33.25 万吨的压力。这只是单个方向的压力。实际上，球心处的红砖会承受来自四面八方的，成千上万相同大小的单向压力。这些压力的总和非常巨大，可以将红砖压成一个高温圆点。

这只是一种简化的有限元计算方法。实际情况，对于球体中的某一个质点，它对球心处的压力是两者之间的引力。这个引力与两者的质量成正比，与两者距离的平方成反比。任一个半径方向上对球心的压力，就是这个半径上无数个质点对球心引力的总和，也就是沿这个半径求引力的积分。这个压力称为线压力。

过球心作一个截面，这个截面是圆形。这个圆形有无数个半径，也就意味着对球心有无数个线压力。无数个线压力的总和，就是沿这个圆的圆周求线压力的积分。类似地，称这个压力为球心的圆面压力。

整个球体是由无数个这样的圆截面组成，球心处承受着无数个圆面压力。再沿圆周求圆面压力的积分，就会得到这无数个圆面压力的总和。类似地，可以将这个圆面压力的总和称为球心的球体压力。球体压力是球心处受到的最终压力。它来自四面八方，将球心向内挤压。

·183·

在自然界里，存在着四种基本作用力，分别是引力、电磁力、弱力和强核力，其中引力是最弱的力。在微观尺度上，这种最弱的引力，只要球体足够大，球体质量足够大，球心处的球体压力也会非常大，将会大到足以挤压两个原子，让它们无限接近，最后合成为一个新原子，同时释放出大量的热。

这就是一个核聚变的过程。球体压力继续挤压球心处的新原子，新原子再次聚合成更大的新原子。新原子随着质子数和电子数增加，相互之间的电磁力也会增加。当球体压力和电磁力平衡时，新原子间不再聚合，核聚变反应停止。

亚诺行星在早期形成过程中，核聚变反应让球心处最终生成原子量比较大的铁、镍等金属原子。这一部分称为核层。核聚变产生的热量让中间层的岩石成为流动性岩浆。这一部分称为幔层。亚诺行星的外层，温度会进一步下降，流动性岩浆逐渐形成坚硬的岩石层。这一部分称为壳层。

亚诺行星有着自身的"块头"，这就决定了壳层、幔层、核层的厚度，也决定了内部温度场是由球心到球面，温度逐渐下降的梯度分布。

亚诺行星内部原子之间的压力与电磁力，保持着动态平衡。当压力占上风时，原子之间无限接近，核聚变反应发生，温度升高。温度升高让原子的电子层半径变大，在相同距离下，原子之间的电磁力增大。同时，原子聚合后生成质子数和电子数更多的新原子，新原子之间的电磁力也会更大。电磁力增大会阻止原子之间在压力作用下相互接近，核聚变反应将会减少，温度将会降低。温度降低，电磁力也会降低，压力会再次占上风。这种动态平衡，

让亚诺行星内部温度场的梯度分布保持稳定。

"我感觉，炸毁亚诺行星根本不可行。"

胜影立即明白了离晴的苦恼。

亚诺行星的壳层厚达20千米。在亚诺表面布满氢弹，很难将壳层炸碎。这样做只是增加了球面压力，进而增加球心的球体压力。球体压力增加，只会引起球内更多的核聚变反应，最终只是让核层的铁或者镍变多一些。

只有通过钻井，将氢弹放在壳层和幔层之间，才可以将壳层炸碎。壳层炸碎后，幔层的岩浆，在突然失去压力的情况下，熔点会降低。此时，1万℃以上的高温，会让流动性岩浆融化成液体。

在亚诺行星高速自旋的离心力作用下，将液态岩浆快速地抛向太空。没有岩浆的束缚，铁镍核层的压力骤降。核层温度在4500℃~7000℃，压力骤降会让核层在如此高的温度下直接蒸发成气态铁镍，向太空中快速扩散。

整个过程，亚诺行星会像烟花一样，在太空中绚丽绽放，光芒四射。随后，渐渐暗淡，最终消失得无影无踪。

如果夏当行星此时正好从它附近经过，铁镍气体流会穿过夏当行星的大气层，逐步冷却，变成固态，落向地面，形成铁镍雨。为了避免这种情况，爆炸需要在合适的窗口时间内进行，以避开对夏当行星的破坏。

"确实，这只是理论上可行，在实践中不可能做到。"

胜影也深有同感。

由于亚诺核层的引力作用，越往下走，壳层内部应力越来越大。在10千米以下时，壳层内部会被挤压得特别致密。同时，

·185·

越往地下走，温度越高。再硬的钻头在高温和高应力的作用下，会快速磨损，根本无法钻穿壳层。

再者，幔层温度可高达3000℃以上，根据亚诺行星内部温度场的梯度分布，氢弹在壳层10千米深处的温度可以高达500℃左右。氢弹还没到达幔层，就在半途中爆炸了。这样的爆炸，是不可能炸碎壳层的。

"还是去太空岛吧。"

绮照顺着话题说出口的话，也暴露出她想去见沐重的心思。

映旗号穿梭机收到太空岛发来了的提示音，要求进行身份识别。沐重漂浮着，笨拙地在人机交互接口面前，通过了虹膜、指纹、声纹和密码检测。

"沐重及您的朋友们，太空岛欢迎你们！"

沐重和宇归，看到空中一张红色的激光网消失，映旗号穿梭机安全地进入太空岛的领空。很快，映旗号穿梭机停在了迹语号穿梭机旁。舱门打开，沐重和宇归飘了出来。

一个机器人站在舱门口，将他俩拽住扶正，立在地面上。

"薇欧拉说，让你们服了这药丸。"

机器人从口中吐出两颗黄色药丸，递给他俩。

"不用担心，这药丸可以让你行动自如。"

薇欧拉在他俩身后说道。

沐重和宇归正在迟疑不决，突然听女人的话语声，连忙转身，想看个究竟。只是这么一动，他俩又飘荡起来。

机器人不得不伸出手来抓住他俩，将药丸塞入他俩的嘴中。

第八章 傀儡

不一会儿,他俩就站着睡着了。

"将他俩安排在凌波宫歇息。"

薇欧拉转身一点地,就像仙女一般,优雅地飞了起来,消失在不远处的亭台之中。

第九章 蠕虫

沐重从睡梦中刚刚醒来，便接受了薇欧拉的召唤。在前往筒社殿大堂的路上，沐重一边仔细地观察太空岛的一点一滴，一边认真聆听宇归的讲解。

太空岛由一个直径 100 千米的圆柱和一个直径 1000 千米的圆环柱组成，两者同心，高度相等，均为 100 千米。仔细看，就会发现，圆环柱其实由两个圆环柱组成，类似于轴承的内外圈，外圆环柱套着内圆环柱，两者的间隙只有 1 厘米。

太空岛的圆环柱高度按外圆环柱的高度标称，这意味着外圆环柱的高度是 100 千米。内圆环柱的高度稍矮一点，为 98 千米。外圆环柱的两端，各有一个凹止口，正好将内圆环柱卡住，让它不能从外圆环柱中脱落出来。内圆环柱的端面和止口的端面，两者的间隙也是 1 厘米。

太空岛圆柱和圆环柱的自转同步。可以将圆柱想象成一只钢笔，将圆环柱想象成一个笔筒。圆柱在圆环柱的中心位置，就相当于钢笔牢牢地插在了笔筒的正中心。此时将笔筒翻倒下来，横躺在桌面上，让它旋转，此时钢笔也跟着一起旋转。它俩共用一个自转轴，自转轴垂直于桌面。这就是圆柱和圆环柱的同步自转，

第九章 蠕虫

自转轴与公转轨道面垂直。

圆柱和外圆环柱的公转也同步。在两者的端面上,密布着成千上万个微型发动机。这些微型发动机在计算机的精确控制下,让两者同步自转。同时,作为一个整体,一起绕着吉瑟恒星公转。

太空岛仿照亚诺行星保持自转,有利于它拥有稳定的姿态。微型发动机提供的动力,也能够控制太空岛公转的速度和方向,避免落于夏当行星和亚诺行星的引力场,与这对孪星发生碰撞。

如果把圆环柱看成一个水桶的话,圆环柱的宽度就是水桶的壁厚。太空岛外圆环柱的宽度比内圆环柱要宽很多。前者的宽度4500米,而后者仅有500米。外圆环柱的直径也比内圆环柱大,因此,外圆环柱的质量要比内圆环柱的质量大很多。

内圆环柱外壁和外圆环柱内壁上分别安装电磁体。电磁体通电后,产生相同的磁场极性,同性相斥,外圆柱环将内圆环柱磁悬浮起来,使得两者之间的间隙,在整个圆周上均为1厘米。内圆环柱端面和外圆环柱止口端面,也分别安装电磁体,同样地,两个端面在磁悬浮力作用下,始终保持着1厘米的间隙。

如果太空岛计划如期进行,内圆环柱会通上交变电流,内圆环柱南北磁极发生交替改变。在"同性相斥,异性相吸"的作用下,外圆环柱与内圆环柱之间会产生相对运动,就像磁悬浮列车的车厢在铁轨上奔驰一样。只不过,对于外圆环柱和内圆环柱来说,一个作顺时针旋转的话,另一个就是逆时针旋转。

由于外圆环柱比内圆环柱质量大得多,根据动量守恒,内圆环柱的旋转速度要比外圆环柱的旋转速度大得多。内圆环柱一旦绕圆心高速旋转起来,人在内圆环柱内壁上行走,便会承受离心

加速度带来的离心力，这个力也就是太空岛上的重力。

通过调整内圆环柱旋转速度，能让离心力等于亚诺行星的重力。这个时候，人会感觉自己牢牢地站在内圆环柱内壁上，就如同站在亚诺行星上，不再有失重的烦恼。

此时，内圆环柱内壁就是太空岛的地面。这是一块宽100千米，长3109千米，面积为31万平方千米的圆柱曲面。人沿着地面的长度方向走，永远会看到，遥远的前方，耸立着一面没入天际的高墙，高墙上房屋林立。人沿着地面的宽度方向走，就会来到世界的尽头——内圆环柱的端面。此时，人们需要悬崖勒马，否则会坠入无尽的太空。站在这儿，不仅仅是仰望星空，还可以俯瞰星空。

太空岛的圆柱内部是空心的，壁厚1000米。魔方系统将圆柱内腔设计成生产区，亚诺人移居太空岛上后，所需的物资，都在这里生产。相应地，太空岛的地面，也就是内圆环柱内壁，称为生活区。

圆柱居中80千米长的外壁上，均匀分布着直径100米，相隔500米的孔洞。这些孔洞里缓慢释放出空气。空气在失重环境下，终究会抵达太空岛的地面。这些空气的成分和亚诺行星上相似，不同的是，它可以保持恒定的水分、氧气和温度。由于负氧离子高，人呼吸起来会感到空气新鲜温暖。不会感到干燥，也不会感到潮湿。没有粉尘，更不会有雾霾。

圆柱两头各10千米长的外壁上，分布着大小不等的矩形孔洞，那儿穿梭机飞进飞出，向太空岛生活区运送各式各样的物资。

亚诺行星的磁层和大气层，有效偏转和阻隔了宇宙射线的辐

第九章 蠕虫

射,很好地保护了亚诺人,也很好地保护了各种动植物。在太空岛上,大气层在轴向上有80千米宽。为了避免宇宙射线的辐射,太空岛将安全生活区限定在70千米宽的范围内。

安全生活区两边往外各5000米,虽然人可以呼吸,由于辐射增强,被设定为危险区。再往两边各9000米,已经没有了空气,被设定为禁止区,需要穿戴宇航服行走。岛上的人,将危险区和禁止区,统称为世界的尽头。

魔方系统也仿照亚诺行星的磁层,分别在太空岛外圆环柱的两个凹止口上,安装了一整圈宽度为500米的超导磁体。凹止口正对着圆柱的位置,也安装了一整圈宽度为500米的超导磁体。两个超导磁体之间,形成了太空岛的磁层。就像鼓的两面鼓膜一样,太空岛的两个磁层反射着宇宙射线。

太空岛的主要能源来自圆柱内腔里的核聚变反应堆。反应堆有专属的核燃料储藏库,里面存储着液态氘和氚,可以供核聚变反应堆持续工作1万年。如果太空岛计划如期进行,储藏库里应该是满满的液态氘和氚,而不是像现在这样,空空如也。

核反应堆将产生的能源,存储在高储能电池里。这些电池被源源不断地运送到地面上,电能用完后,再回到核反应堆充电。在反复循环使用中,确保太空岛有1万年的重力环境。

太空岛的辅助能源来自吉瑟光能。太空岛的外圆环柱外壁,铺满了高转化率的纳米光电材料。它可以将吉瑟恒星的光转换成电,提供给外圆环柱使用。比如生成磁层,产生磁悬浮力,控制微型发动机偏转方向等等。

太空岛不像吉瑟行星,昼夜转换为12小时。它的体积比亚

诺行星小多了，昼夜转换会非常快。圆环状结构，让它的地面，也就是圆环柱内壁，和圆环柱外壁一样，也可以接受吉瑟光的照射。为了能够充分利用吉瑟光能，在太空岛的地面上，所有建筑物的屋顶，都铺设有纳米光电转换板。这部分能源基本上能够保证生活区的能源供应。

同样地，在太空岛的圆柱，布满圆形或方形孔洞的外壁上，也像外圆环柱一样，涂满了纳米光电材料。这部分吉瑟光能转换成电能后，也能满足基本物资生产的需要。

有了能源，就有了物质。魔方系统在圆柱生产区里规划了各种各样的工厂，能够生产各种元素、无机物、有机物等等，供应给居住在生活区的人们。

太空岛的建设，考虑到了姿态稳定、引力场、重力、生产区、生活区、空气、宇宙射线、能源、生态、运输等方方面面，是一项复杂、精密、浩大的工程。它力求让人们在这里的生活，比起在亚诺行星上，更加安全、健康与舒适。

现在，唯一的遗憾是太空岛没有重力环境，归根到底是因为没有氕和氘。

沐重和宇归走进简社殿的大堂，看见流雄居中坐在一只扶手靠背的石椅上，薇欧拉站在他的左手边，森海、施罗德和昌盛津站在他的右边。

"沐重，雷萨如何了？"

流雄一见到他，便立即问道。

"他已经死了。"

沐重面对这个小自己一岁多的舅舅，心里有些别扭。

第九章 蠕虫

流雄等人一阵沉默。

薇欧拉抑制住了悲伤的情绪,面对昔日的熟人问道:

"宇归,亚诺行星可好?"

"很不好。特梅尔生产区已经停止为阿隆索生活区供应物质,亚诺人应该所剩无几了。"

薇欧拉他们,离开亚诺行星时,还没有生产区和生活区一说。听到宇归这么说,自然不明就里。不过,亚诺人口减少,却在他们的预料之中。

"你们怎么来太空岛的?"

薇欧拉的问题,让沐重和宇归你一句我一句,说起了寻找魔方系统的整个过程。

"你现在是联盟主席?"

森海、施罗德和昌盛津听完后,异口同声地问道。

"也是,也不是。"

沐重苦笑了一下。说是吧,没有掌握魔方系统。说不是吧,魔方系统又在听从"沐重"的指挥。

"你们完全不知道亚诺行星的情况吗?"

宇归显得有些不相信。太空岛是他一手打造的,这上面的高科技装备,是联盟时代的最新技术,放在现在也不落后,完全可以探测到亚诺社会的一举一动。

"只要有魔方系统在,我们就不能了解亚诺行星。雷萨当年不允许我们再回头。"

这是流雄一直盼着雷萨到来的原因。流雄一直误以为,雷萨还在掌控魔方系统,一定还活着。

"辞孤他们呢？"

宇归很好奇，一直没有见到他们。

"他们现在成了蠕虫。"

森海随即讲起了当年登陆太空岛时，在迹语号穿梭机上发生的事情。

"没有我的药丸，他们在失重环境下，身体里的肌肉和骨骼会流失，这么多年下来，就变成了软体动物。"

昌盛津点亮了大堂左边墙面的屏幕，上面显示，辞孤和他的随从，像春蚕躺在桑叶上一样，在床上一伸一缩地向前移动。

"他们这个房间，是我为他们特意打造的，有一点重力。不然，他们连蠕动都不可能。"

流雄在 11 岁的时候，看到他们奄奄一息，心中不忍，不顾薇欧拉、施罗德和昌盛津的反对，坚持要打造弱重力空间，让他们在里面苟延残喘。

"我一直担心，他们来到太空岛后，会对你们不利，没料想会落到这步田地。"

宇归想起当初辞孤对薇欧拉垂涎欲滴的样子，不由得摇着头。再想想自己，时隔 20 年，还是来到了太空岛。早知如此，当初真该随着薇欧拉一起前来，也免了在亚当行星上这么多年的吃苦受累。

"这都归功于雷萨非常周到仔细的安排。"

森海说到雷萨，就像说到他心中敬仰的先知。

"流雄，你为什么坐在石椅上，而他们却站在你身旁？"

沐重对眼前的这一幕，实在是感到好奇。

第九章 蠕虫

"药力开始失效了。"

施罗德看了一眼,示意昌盛津接着说。

"流雄不到6岁,就吃了'睡眠',这并不好。他的肌肉和骨骼都没长好,就吃下黄色药丸,药效自然比我们差。近两年来,流雄体内的肌肉和骨骼开始流失。他不得不坐着。"

昌盛津叹了口气。

"我们也好不到那儿,再过几年,我们也会成为蠕虫。"

薇欧拉看了一眼宇归,又看了一眼沐重。

"你俩知道超级能量吗?"

薇欧拉的话,让沐重心中大吃一惊。妈妈寒凝也提到过超级能量,真没想到她也知道。看来它真的存在。

"有了超级能量,圆柱里的1000个核聚变反应堆就会工作。这些反应堆就会源源不断地产生能源,让太空岛旋转起来,营造出和亚诺行星一样的重力环境。"

宇归心里明白,薇欧拉说的这番话,不是空穴来风。在联盟崩溃之前,就曾听到雷萨提起过,太空岛上需要使用超级能量。只是到如今,他依然不知道,它究竟是什么?在哪儿?他也不知道,它是不是真像薇欧拉所说,用在反应堆点火上。

"我妈说过,这个超级能量,只能在亚诺行星上使用,要运到太空岛,不可能。"

沐重非常相信寒凝,那是他的妈妈,不相信她,又会相信谁。只是寒凝在这件事上,有意无意误导了大家。当时为了让在场的人坚信,前往夏当行星是唯一选择,寒凝武断地认为,超级能量不可能运送到夏当行星上。

寒凝口中的超级能量,是从宇归那儿得知的,宇归不知道超级能量是什么,寒凝更不可能知道。她自己都不知道超级能量是什么,又凭什么知道它不能运输到夏当行星?宇归知道她的话站不住脚,但有意不反驳。

薇欧拉听了沐重的话,微微一笑,心里明白,沐重和宇归也不知道超级能量是什么。

"现在太空岛的能源来自吉瑟恒星的光能。太空岛的公转速度两三年才调整一次,自转不用调整,岛上人口又少,这些都消耗不了很多能源。依靠光能,就能够满足太空岛的需要。"

"沐重打造弱重力空间,让能源变得有些紧张。"

施罗德和昌盛津这么多年没变,又开始一唱一和。

离晴心里很郁闷,如果打造不了超级能量,摆在面前的,就像绮照所说的那样,只有前往太空岛这一条路了。

胜影建议离晴利用魔方系统,查找超级能量的有关信息。在魔方系统的检索结果面前,离晴这才了解到,从寒凝那儿说出口的超级能量,最终可以追溯到雷萨身上。雷萨曾在联盟主席办公会议上提出,要打造超级能量,来完成太空岛的建设。此后,他再也没有提到过。超级能量究竟是什么,也没人知道。

魔方系统综合所有的信息后,得出的结论是,雷萨也就是随口说说而已,根本就没有超级能量。魔方系统指出,太空岛要想有重力环境,只需要给圆柱里添加足够多的氘和氚,让1000台核聚变反应堆运行起来。

与薇欧拉想象的不同,核聚变反应堆点火运行,并不需要超

第九章 蠕虫

级能量。有了氚和氚，太空岛使用吉瑟光产生的电能，足可以让一台核聚变反应堆点火运行。这台反应堆产生的能源，便可以逐一点火其他所有的反应堆。最终，1000 台反应堆都会动起来，产生充沛的能源。

雷萨口中所说的超级能量，只怕指的是 1000 台核聚变反应堆持续运行 1 万年所生产的能源。

也许是宇归以讹传讹误导了寒凝，让她以为，只要找到超级能量，就可以轻松炸毁亚诺行星。也让她以为，魔方系统是知道超级能量的。

殊不知，魔方系统功能非常强大，可以分析、判断、归纳、决策。唯一的缺点，就是不会创新，不会无中生有，不会异想天开。对于魔方系统来说，超级能量就是 1000 台核聚变反应。要想自发地、无缘无故地，凭空想象出一个超级能量，它是绝对做不到的。

"你们想回到亚诺行星，打造超级能量？"

宇归心里不太想陪他们一起回去。

"没有魔方系统，很难打造超级能量。现在回去，必须带上沐重，他可以进入魔方系统。流雄这身体，只怕很难长途旅行。"

宇归心里想着，沐重很有可能愿意回去，他一定惦记着绮照，他一直想回去救她。

"太空穿梭机飞往太空岛，是一次单程旅行。只要魔方系统还存在，再回去是不可能的了。"

流雄否定了宇归的提议。岛上的这两架太空穿梭机，可以飞往任何地方，就是无法在亚诺行星上着陆。

·197·

"这是悖论。"

要想回到亚诺行星打造超级能量,就必须销毁魔方系统。销毁了魔方系统,就没法打造超级能量了。

宇归的话,让大家一筹莫展,顿时陷入了长时间的沉默。

"有了!"

沐重眼睛一亮。

"离晴打造超级能量后,一定会乘坐太空穿梭机远离亚诺行星。只要他一离开,我们就可以销毁魔方系统。"

这确实是销毁魔方系统的绝佳窗口期。不会再像上次那样,这次下达销毁指令必定会奏效。

"太妙了!这样我们就有机会了。"

流雄不由自主地点着头。只要没有了魔方系统,双方就是平等的。

"我们登陆亚诺行星,将超级能量抢过来。"

森海有些兴奋,一副跃跃欲试的样子。

"最好是邀请他来太空岛。"

薇欧拉主张使用怀柔政策。离晴打造了超级能量,就一定会牢牢地掌握在自己手里,不太可能让人轻易夺取它。

"不可能。离晴身边有绮照。他不会带她来见沐重的。"

宇归看着沐重,脱口而出。沐重显得很尴尬。其他人都明白了,离晴和沐重,不仅仅是真假美猴王,原来还是一对情敌。

"他要是没能打造出超级能量呢?"

流雄的问题也是有可能的。

"那他们一定会来太空岛。"

第九章 蠕虫

薇欧拉非常肯定地说道。

没有找到超级能量,那就不能炸毁亚诺行星。他们无路可走,只能来到太空岛。

"来太空岛,对你有利。我会给绮照'睡眠'。"

昌盛津的黄色药丸只剩下3颗了,岛上的人再吃它没有任何效果,不如给新来的人。

"剩下的两颗给谁?"

沐重担心昌盛津会给离晴服用。

"剩下的两颗,给你们的孩子。"

薇欧拉的话让沐重舒了一口,放心下来。他不希望在太空岛上,再次面对离晴的挑战。

"那你们呢,怎么办?"

沐重为了掩饰自己的自私,关心起薇欧拉他们的未来。

"我们待在弱重力空间里。"

流雄显得异常平静,不像他这个年龄面对生死所应该有的镇定。当年出于善心,为辞孤他们打造了弱重力空间。没想到7年之后,它也可以为他们所用,延长他们的生命,这也是善有善报。

"他们不会胁迫我们交出药丸吗?"

宇归有些担心。他对离晴和胜影,总是心存芥蒂。

"药丸在机器人口中,没有我的命令,它是不会交出药丸的。"

流雄停顿了一下,接着说道:

"迪奥曾是联盟副主席,雷萨的原部下,绮照是他的孙女。我们大家,不是雷萨的亲人,就是雷萨的部下。我们和迪奥、绮照是一路人,我们自然会团结在一起,共同对付离晴和胜影。我

们这么多人对付他们两个，不足为虑。"

流雄的话，为大家划清了敌我，也很自然地将岛上的人团结在一起。

"只要他们没有吃药，在失重状态下，制服他们很容易。"

沐重听薇欧拉这么一说，想想也是，觉得自己有些杞人忧天了，不由得信心大增。

"我们不能囿于思维定势。"

胜影有所顿悟。

"没有超级能量，也不可能炸毁亚诺行星，那还有什么别的办法。"

胜影的话也让离晴眼睛一亮。

"我们还是从亚诺行星内部构造入手吧。"

离晴开始仔细地研究魔方系统提供的，有关亚诺行星内部构造的报告。

"来硬的不行，能不能来软的？"

离晴思考的时候，说话总爱说一半。

"你的意思是……炸不了壳层，就融化它？"

"是的，是的，我们用高温将整个壳层融化，就像幔层那样，成为岩浆。"

"那也不可能抛洒出来，脱离亚诺行星。海水不会因为亚诺的自转，抛洒到空中。"

"那就让壳层快速融化，释放对幔层的禁锢。"

壳层快速融化，对幔层的压力会骤减，亚诺行星会迅速膨胀。

第九章 蠕虫

膨胀造成物质与物质之间距离增大,引力减少,一旦低于亚诺行星自转的离心力,物质就会被抛洒出来。物质的抛洒进一步降低了亚诺行星内部的压力,带来进一步的膨胀。原有的平衡一经打破,膨胀就不可遏制。

离晴接着对魔方系统问道:

"瞬间融化,需要多少能量?"

魔方系统沉默了一会儿,在屏幕上给出了答案。

"所需能量真是超级大呀。"

胜影看了这数据,不由得惊叹。

"这可能就是超级能量吧。"

离晴不由地嘿嘿一笑。

"是的。超级能量,终于被你找到了。"

"现在的问题,如何产生高温?"

离晴看着胜影。

"把壳层融化,最好从幔层和壳层的交界处开始。壳层由里向外融化,幔层也由里向外膨胀,最后壳层像一张窗户纸被捅破,幔层受到的压力会突然骤减,岩浆会喷涌而出,比火山喷发更加壮观。这样做更能达到预期的效果。"

胜影满脑袋思考着如何融化壳层,没顾得上搭理离晴的问话。

"这样的话,需要钻井,一直钻到幔层。我们讨论炸碎壳层时,已经说过,这没法做到。"

"是的,钻井是不行,我们用光吧,用光产生的高温,灼穿壳层,应该可行。"

"那要多高的温度?"

"1万℃。"

"这么高？有什么东西能耐受这样的高温？"

离晴的意思，产生高温光束的设备会被这样的高温熔化。换句话说，使用常规的加热设备，不可能持续稳定地产生1万℃高温光束。

"我们可以汇聚吉瑟光。"

"那能行吗？"

"可以，只要面积足够大，汇聚的吉瑟光足够多，聚焦后的焦点足够小，产生1万℃的高温光束，不成问题。"

"你想用凸透镜来聚焦么？"

"是的。普通100mm直径的凸透镜，焦点的温度可达250℃。我估计，如果凸透镜直径达到5米，焦点的直径在1mm以内，估计焦点的温度可以达到1万℃。不过准确的数据，得让魔方系统计算。"

胜影的推算让离晴不禁点了点头。

"我想发射凸透镜到近地轨道上去，让吉瑟恒星的光穿过凸透镜聚焦到壳层，让焦点处的高温灼烧岩石，岩石就会气化。不断调整焦点，就可以烧穿壳层。"

"在近地轨道上，是个好主意。可以组成凸透镜阵列，保证全天24小时不停歇，持续灼烧岩石。"

离晴点了点头，随即又沉吟起来。

"这可能要多级凸透镜，才可以将焦点投射到壳层上。"

"没错！"

胜影觉得，他又和他想到一起去了。

第九章 蠕虫

"那不行!多级聚焦,光线的温度会越来越高,等到光束来到最后一级凸透镜时,玻璃会被它融化。"

胜影听了他这么一说,哈哈大笑,心里感到真是遇到了知音。他提出的方案,离晴带着批判性思维来审视,能够立即看出其中的问题,这就非常了不起。

"谁说要用……"

"也可以用磁场。"

离晴不等胜影话说完,就知道了答案。

离晴和胜影这个时候,同时沉默了。他们都意识到,磁场对真空中光的传播,几乎没有影响。对于介质中光的传播会有影响,最典型的,磁场会引起光的双折射,一束光分成了两束光。双折射让光的能量被分散了,这显然不可取。

"要想使用磁透镜,就必须使用电子束。"

离晴打破了沉默。

"对!对!对!将光源改成电子源。电子聚焦成高能电子束,同样可以达到1万℃高温。"

"不需要聚焦吉瑟光,那还有必要在近地轨道上吗?"

"需要。如果一切顺利,亚诺行星表面会像锅里沸腾的粥。我们不可能在地面上待着,必须提前到近地轨道上,这样才安全。"

"看来需要打造一架太空穿梭机。我们在近地轨道上毁灭亚诺行星后,还可以乘坐它,前往夏当行星。"

"能不能……能不能……"

"你想说什么,直接说。"

离晴看着胜影吞吞吐吐的样子,显得有些不耐烦。

"能不能让魔方系统解除对泊鹭群山的物资禁运？"

胜影见问题探讨得差不多，乘机转移话题，提出了自己的请求。

"那里有你的族人，你想让他们多活一段时日？"

"是的。在阿隆索生活区，物质禁运已经有7天了。所有的亚诺人即将面临死亡。"

"好吧，那就作为一个特例，开放泊鹭群山的物资供应。"

"非常感谢！"

胜影走上前，紧紧地拥抱着离晴。

"我们在离开本格拉城之前，雷萨交给我一个数据库。里面有100亿亚诺人的全基因序列。20年来，我们一直在潜心研究如何无性繁殖亚诺人。就在两年前，研究取得了全面的突破。我们现在的技术水平，已经可以凭借全基因序列，诞生出亚诺人。"

薇欧拉突然转移了话题。大堂屏幕上呈现出实验室的画面。在那里面，有一个封闭的透明大容器。容器里装满了略微显得有些黏稠的透明液体。一个人形胚胎悬浮在透明液体里。

"这是人造子宫。我们先合成腺嘌呤、鸟嘌呤、胞嘧啶、胸腺嘧啶、尿嘧啶等五种碱基。按照全基因序列，合成出DNA和RNA。有了DNA，就可以合成出染色体，进而制造出细胞核。有了RNA，再加上糖类、脂质、蛋白质等物质，就可以制造出细胞质。用磷脂和糖蛋白，可以制成细胞膜。有了细胞膜、细胞质和细胞核，我们就能够生产出各种各样的细胞来。通过诱导胚胎干细胞有丝分裂，可以形成胚胎。我们将胚胎放进人造子宫里，就会诞生出

婴儿来。"

昌盛津负责这个研发项目,颇有成就感。

"通过这种方式,有活的婴幼儿吗?"

沐重内心里感到有一丝丝恶心。

"我们开发的这一套技术,肯定没有问题,完全可以造出活的胎儿。没有重力环境,胎儿发育不了肌肉与骨骼,生下来像一条'蠕虫',活不过3年。"

昌盛津的表情又变得黯然神伤。

薇欧拉、流雄、昌盛津、施罗德和森海,已经计划好了,只要开发出来这一整套技术,便大批量地生产亚诺人。在生产过程中,严格进行基因筛查,遴选出性格上喜爱和平,反对杀戮的基因。在此基础上,加强质量管控,优中选优,确保生产出的1万名左右亚诺人,都是性格好、身体好的亚诺人。有了这些亚诺人,就可以构建起一个新的联盟。这个联盟虽然是微型的,但是麻雀虽小,五脏俱全,和雷萨的联盟,没有本质上的区别。遗憾的是,这项联盟重建计划,都因为没有重力系统,只能暂停。

"再过一些时日,这个岛上,身体健康的人,就剩下你、绮照和宇归。等到那个时候,你和绮照可以考虑生个孩子。让孩子吃'睡眠'。你们要尽可能地延续我们的血脉。坚持就是胜利,说不定会等来机会,等来希望。"

薇欧拉语气悲哀,仿佛在交代遗言。

"肚子里的孩子也没有重力,那还不是一样,会是'蠕虫'。"

沐重质疑道。

"你和绮照都吃了'睡眠',就仿佛胎儿吃了'睡眠',胎

儿发育过程中，肌肉和骨骼能够正常发育，只不过很有可能，孩子长大后，会像流雄那样，提前出现骨骼和肌肉的流失。"

昌盛津这话一说，让沐重心中一阵喜悦，仿佛真的和绮照有了孩子。沐重不禁又在心里祈祷着，希望离晴打造不了超级能量，走投无路，只能前来太空岛。到那时，既能消灭情敌，又能抱得美人归。

"虽然不能登陆亚诺行星，也不能和亚诺行星联系，但是，我们现在可以观察亚诺行星。派出映旗号穿梭机，密切监视亚诺行星。"

流雄下达了命令。

第十章 毁灭

卧室里的灯光有些迷离,离晴看到绮照躺在床上,抑制不住内心的兴奋,扑了上去,将她压在了自己的身下。

自从沐重离开后,离晴很快就赢得了绮照的温柔,只是不能确定她内心的真实想法。那句看似随意说出来的"还是去太空岛吧",似乎表露了她对沐重的依恋。

她的爷爷迪奥,明显地主张前往太空岛。他在离晴面前,有意无意地渲染太空岛的完美。那儿绿树成荫,花繁似锦,四季如春。没有地震、海啸、滑坡、台风、暴风雨等自然灾害。那儿空气新鲜,食物干净卫生且营养丰富。那儿没有传染病,致病病毒和细菌受到严格管制。在他眼里,那儿就是天上仙境。

"有办法了么?"

完事以后,绮照坐起身来,靠着床头。

"有了眉目。"

"那可以去夏当行星了?"

"应该没问题。"

离晴心里打死也不愿意去太空岛。在他眼里,只有夏当行星这一条路。

"迪奥想去太空岛。"

"你想去那儿么？"

"你去哪儿，我去哪儿。"

绮照的话有些言不由衷，离晴听着却心里很舒服。

"我可以满足迪奥的愿望，送他去太空岛。"

绮照一听这话，心里立刻明白，这是交换条件。从此之后，她必须跟着他走。

"那儿没有重力系统，不知道为什么，我的爷爷就是想去。"

绮照更进一步的想法，是要争取离晴的同意，为太空岛打造重力环境。

"这需要大量的能源。"

面对绮照开出的更高条件，离晴不可能答应。让壳层融化，就需要大量的能源。没有多余的能源用来提取海水中的氘和氚，更不可能运送它们前往太空岛。

即使有充足的能源，离晴也不会答应。太空岛有亚诺社会最先进的高科技，一旦有了重力环境，沐重他们就会变得非常强大。夏当行星是原始生态环境，不说高科技，连语言都没有。他待在夏当行星上，不会有好日子过，沐重会跟着过来奴役他的。

"你想想法子咯。"

绮照故作崇拜地看着他。

"这么办吧。迪奥年龄很大了。我这儿有一种药，可以让他在失重环境下保持健康。"

离晴提到的这种药，就是昌盛津发明的药。他发明这个药，得到过雷萨的批准，魔方系统自然知道，也自然能够仿制。

第十章 毁灭

"那好吧。"

绮照接受了这个交易,语气里表现出满意。

绮照和迪奥,肯定是心意相通的。在绮照和离晴达成一致的时候,迪奥也试着说服胜影。

"太空岛有很多高科技。"

迪奥选这个切入点作为谈话的开始。

"夏当行星是原生态,什么技术也没有,你去了能干什么?"

迪奥见胜影不作声,继续说道。

"我不想去太空岛。"

胜影心想,太空岛没有重力,人待在那儿,肯定不能长久,即使有高科技,又有什么意义。迪奥年纪大了,去太空岛待几年就会寿终正寝,无所谓失重不失重。再说,太空岛上的人,和迪奥一样,都是有联盟背景的人,和他们玩不到一起去。

"太空岛可以容纳1万人。现在算上你和我,岛上不足30人。那上面的能源和物资,充足得很,虽然没有重力系统,大家活到150岁,一点问题都没有。"

"是呀,你这么说也有道理。我再考虑考虑。"

迪奥的心思,无非是想让胜影劝说离晴,同意他们去太空岛。胜影明白他的心思,只是他绝对不会这么做。

迪奥提及太空岛可以容纳1万多人,倒是启发了他:如果能让离晴打造一个航母型太空穿梭机,装下泊鹭群山的1万多族人,那该多好。

早上，大家一起来到餐厅。吃完早餐，离晴首先开口了。

"我将打造一个子母型太空穿梭机。一个大型穿梭机上携带一个小型的。"

"为什么要这样？"

胜影有些迷惑。

"我们乘坐它先到近地轨道，等亚诺行星毁灭了之后，我们就和迪奥分道扬镳。"

"你同意我去太空岛？"

迪奥很吃惊，没想到离晴居然同意。

"是的。不但同意你去，还会给你'睡眠'。你吃下它后，可以让你在失重环境下健康长寿。"

离晴其实很了解这种黄色药丸的功效，服用它，最多也就是维持25年。不过，那个时候，迪奥也到了寿终正寝的年龄。

迪奥感激涕零。

"爷爷，我就不陪你去了。我要和离晴去夏当行星。"

绮照的话，让迪奥立即明白，他能去太空岛，是她和离晴之间达成协议的结果。

"胜影，你想去太空岛吗？如果想去，我也会给你'睡眠'。"

离晴抛出诱惑，检验胜影内心的真实想法。

"我要去夏当行星。"

胜影立即表达了忠心。接着话锋一转，说道：

"我们三个人去夏当行星，只怕日子并不好过。那儿原始自然生态环境，没有高科技，更需要人力。"

"是的。那儿被潮汐季破坏得一塌糊涂，重建工作量很庞大，

第十章 毁灭

也很艰巨。"

离晴点着头,若有所思。

"要不我们建造一个航母型的太空穿梭机,能够容纳一万多人的,把泊鹭群山上我的族人带上?克特里人对动植物有天然的驾驭能力,在原生态环境中能够帮助我们很好地生存。"

胜影紧张地看着离晴,希望他能同意。

"好吧。我同意带上你的族人。"

离晴沉思良久,终于答应了胜影的请求。

"克特里洲有一架巨型太空穿梭机,雷萨称它为'径犹号'。它可以一次性将1万名联盟核心管治团队的成员及其亲朋好友,运送到太空岛去。"

离晴知道有这么一架巨型太空穿梭机,迟迟不愿意启用,觉得它太大了,是一种浪费。

胜影听到离晴这么一说,不禁欣喜若狂。他的族人绝大部分有救了。

"非常感谢您!"

胜影情不自禁地站起来,伸出手紧紧地握着餐桌对面离晴的手。

"立即启用克特里洲的径犹号穿梭机。同时,为径犹号穿梭机建造一架可以携带的小型穿梭机。"

离晴向魔方系统下达了命令。

"胜影,你现在就去克特里洲,径犹号穿梭机会载上你前往泊鹭群山,接你的族人。据我了解,那儿有1.2万左右的克特里人,有2000左右的人不能登上穿梭机,你务必要谨慎办好此事,

不要引起骚乱,让径犹号有所损坏。"

"它不需要你亲自驾驶么?"

胜影反问道。

"确实需要。我通过魔方系统驾驶。"

离晴意味深长地看着胜影,暗示着一切都在他的掌控中。

"保证完成任务。要有骚乱,我这口刀不会答应。"

胜影将古刀从腰间抽出,在手里转了一圈,又回到了腰间。接着,转身向自己的专用穿梭机走去。

已经是9月初了。还有不到半年的时间,亚诺行星就要进入潮汐季。现在大海归于平静,占奥普拉洲80%的沙漠,完整地露出海面,正是融化壳层的最佳地点。离晴在魔方系统的帮助下,确定了毁灭亚诺行星的方案。

魔方系统首先安排机器人在特梅尔生产区里制造出10万个电子枪头和磁透镜。接着,将电子枪头发射到150千米高度的近地轨道上。就现有的技术条件和水平,魔方系统能够一次发射100个电子枪头到近地轨道。

这需要进行1000次的火箭发射。发射场面将极为壮观。魔方系统在阿隆索生活区里选择1000个发射点,等一切准备就绪后,千箭齐发,将10万个电子枪头送到近地轨道的指定位置。为了顺利地完成发射工作,魔方系统将所有近地轨道卫星都清除了。

电子枪头利用吉瑟光为自己提供能源,配备了一个直径为1000米的圆形光电转换板。光电转换板是柔性卷帘,等电子枪头到达预定位置,与火箭脱离后,便立即铺展开来,在恒力弹簧绳

第十章 毁灭

索系统的绷张下,始终保持平面状态,像向日葵一样,接受吉瑟光的垂直照射,将光能转换成电能。

这些电能,一部分加热电子枪头的钨丝,让钨丝产生出大量自由电子。一部分用来形成特高压电场,将钨丝上的自由电子引出,形成高速电子束,射向亚诺行星。

同时,魔方系统改装货运穿梭机,以便搭载磁透镜。电子枪在近地轨道上就位后,魔方系统设置好各种驾驶参数,让搭载磁透镜的货运穿梭机,在亚诺行星20千米的高空中悬停。

从150千米到20千米,这段近地空间,已是高真空环境。在这样的真空环境里,电子枪头和磁透镜时刻保持协同,构成一个轴向电子枪。电子枪发射出高速流、高能量的电子束,经过磁透镜聚焦后,焦点的温度可达1万℃。

1万℃的焦点温度让壳层迅速气化,打出一个圆坑来。魔方系统会控制电子枪的姿态和磁透镜的电流,调整磁透镜的焦距,让焦点不断深入,圆坑逐渐变成圆洞。最终,电子束会灼穿20千米厚的壳层,直抵幔层。

在奥普拉洲的沙漠上,电子束将壳层打出10万个孔,并通过这些孔,持续地给幔层加热。幔层与壳层交界处的温度会急剧升高,由里向外,迅速地融化壳层,让壳层越来越薄。

魔方系统经过仿真计算后认定:沙漠下的壳层一旦完全融化,幔层里的岩浆就会喷薄而出,这就像给亚诺行星揭开了一块大疮疤。10万条电子束如果持续加热,疮疤周围的壳层会逐渐瓦解,疮疤会进一步扩大。整个亚诺行星的壳层会很快地瓦解,仿佛攻占城池一样,只要在城墙上攻破一个缺口,整个城池就

·213·

会迅速崩溃。

魔方系统按照这个方案，孤注一掷，调集所有的物资和能源，有条不紊地推进各项工作，特梅尔生产区一片热火朝天的繁忙景象。反观阿隆索生活区，除了泊鹭群山的族人，则是尸横遍野，一片死寂，没有一个活着的亚诺人。

等到胜影带着他的族人回到本格拉城时，毁灭亚诺行星的各项准备工作已经就绪。

"你怎么去了这么长时间？"

离晴很有些抱怨。亚诺行星上可以利用的资源都已用完，如果径犹号穿梭机此时受损，那会前功尽弃。

"没办法，必须要这么长时间。"

"你的族人都带来了？"

"没有全部带来。带来了9990人。径犹号毫发无损。"

"你是怎么做到的？"

"也没什么。我是联盟副主席，泊鹭群山的族人归我管理。我让魔方系统统计了一下族人年龄分布，然后划了一个85岁的年龄线。在这个线下的，也就是不满85岁的人，一共有9990人。径犹号正好可以带走这些人。"

胜影此时心里突然很难受。不由得停顿了一下。

"在这个线上的，有2351人。几乎每家都有85岁以上的人。这些人，只能让他们自生自灭。"

"他们真就这样，安静地接受了你的安排？"

"是的。我是族人的领袖。他们尊重我的意见。"

第十章 毁灭

胜影又停顿了一下。

"我让径犹号穿梭机悬停在泊鹭群山的上空,再让机器人驾着我的专用穿梭机,往返于族人和径犹号之间。每家每户,只要按照我的要求,将85岁以上的人留下,剩下的年轻人,就可以搭乘我的专用机,登上径犹号。"

"在生死面前,他们真的这么顺服么?"

离晴很有点怀疑。

"我明确告诉他们,相互厮杀,也不能为自家的老人争取到登上径犹号的名额。径犹号穿梭机意味着出路。天天悬在他们的头顶上,那就是一种召唤。这让年轻人摆脱了内心的挣扎,尽管于心不忍,但最终都毅然决然地选择了放弃家中老人。这就是一种舍与得。"

离晴听到这儿,不由得佩服胜影的能干。不说别的,将径犹号穿梭机停在族人的头上,这一招就很高明。这样一来,即便克特里人发生骚乱,也不可能破坏它。同时,又给予了强烈的求生诱惑。

离晴、胜影、迪奥和绮照,登上了径犹号穿梭机,在主控舱里坐定。径犹号穿梭机的主控舱和乘客舱隔离。克特里人都在乘客舱里,未经允许,不能进入主控舱。

本格拉城的魔方系统与主控舱进行了通信。毁灭亚诺行星的程序很快下载到主控舱里,超级能量——10万个电子枪组成的阵列——的使用权,正式移交给了径犹号穿梭机。从这一刻起,本格拉城和魔方系统走到了历史的终点。

当径犹号穿梭机飞到本格拉城上空时,一架新的小型太空

穿梭机从城墙头冲天而起，直抵径犹号穿梭机的机腹，牢牢地贴着它。

离晴看着渐渐缩小的亚诺行星，心里无限感慨：这是一个没有亚诺人的亚诺行星。

径犹号穿梭机很快飞到了近地轨道。密麻麻的电子枪阵列就在眼前，离晴对着主控舱的大屏幕下达了命令。

"立即毁灭亚诺行星。"

沐重在太空岛的停机坪上，用红宝石密码启动了映旗号穿梭机，设置了预定航线后，就让它自动驾驶前往亚诺行星，执行侦察任务。现在映旗号穿梭机反馈回来的信息表明，离晴已经离开了本格拉城。

在简社殿大堂，流雄将大家召集起来，共同商议下一步的行动。

"我立即销毁魔方系统。"

沐重准备动身去迹语号穿梭机那儿。

"我们一起去吧。"

流雄艰难地站起身来。森海连忙搀扶着他。

很快，大家都登上了迹语号穿梭机。

20年来，迹语号穿梭机一直待在太空岛，就没有动过。流雄虽是有雷萨血统的人，但没有红宝石密码，面对迹语号穿梭机，也无能为力，无法点火启动。雷萨没有交给薇欧拉红宝石密码，再次表明，他不希望他们回到亚诺行星。

直到沐重的到来，情况才有所变化。沐重和机器人驾驶员一

第十章 毁灭

起,再次启动了迹语号穿梭机。他俩检查了它的工况,进行了维护,确保随时可以使用。

迹语号穿梭机飞临亚诺行星近地轨道时,遭遇到了映旗号穿梭机。两架穿梭机进行了通信,沐重将映旗号穿梭机的航行模式设置为自动伴飞,让它紧紧跟随着迹语号穿梭机。

从迹语号穿梭机舱窗向外望去,亚诺行星的疮疤已经揭开。电子枪射出的电子束,穿过大气层,引起空气电离,产生出无数道闪电雷鸣。红色的岩浆在翻滚着,涌动着,喷发着,向四周蔓延,让海水蒸发,产生大量的雾气。雾气的参与,让电闪雷鸣更加猛烈。疮口正在快速的扩大,奥普拉洲已经变成了人间炼狱。

"立即撤离。"

离晴在径犹号穿梭机的主控舱下达了命令。

环绕奥普拉洲的海水蒸气,伴随着气化的岩浆,急速地冲向高空,不断刷新着高度,眼看着就要逼近磁透镜阵列。10万架货运穿梭机必须立即转移,否则就会被气化的岩浆或蒸汽摧毁。

魔方系统的仿真计算还是有误差,仅仅开一个口子,壳层的融化还是慢了。这样下去,亚诺行星内部又会建立起新的平衡,膨胀会终止。离晴决定在特梅尔受灾区再开一个更大的口子。

10万架货运穿梭机像蝗虫一样飞临到特梅尔大平原的西部临海区。当初没有首选这儿,主要考虑到它的平均海拔高度达500米,而奥普拉洲的只有20米。

实际情况确实如此,壳层虽然只增加了480米,相比20千米的壳层,确实算不上什么,但是对电子束的穿孔速度还是有一

·217·

定的影响。相比奥普拉洲，西部临海区变成人间炼狱的时间，延长了10%左右。

"还是不行。"

胜影有些焦虑。开了两个疮口，壳层的融化速度还是没有达到预期。

"再开一个疮口试试。"

胜影催促道。离晴心里也明白，不仅仅是要再开一个疮口，而且要选好位置，尽量要和前两个疮口拉开距离。阿隆索生活区和克特里洲都是高山，壳层太厚，影响开孔速度。所剩时间不多了，如果不能及时地再添把火，所做的一切都将前功尽弃。

"只能在特梅尔生产区开孔了。"

离晴毅然地下达命令，准备孤注一掷！

特梅尔生产区的东部，紧临阿隆索山脉的脚下，是最佳的疮口点。那儿和前两个疮口离得足够开，有利于让亚诺行星内部整体升温。那儿的平均海拔也就700米，开孔时间虽然会增加，但是还在可以接受的范围。

只是一旦开孔，特梅尔生产区就毁了。智能工厂、机器人、穿梭机、移动通信……所有的高科技，也都毁了。如果没有了特梅尔生产区，又没能毁灭掉亚诺行星，离晴就只能选择去太空岛，将绮照拱手献给沐重。

"我看到他们了。"

沐重指着不远处的径犹号穿梭机。

亚诺行星在三个疮口的作用下，从量变达到质变，终于按照

第十章 毁灭

预期的设想，急速地膨胀起来。亚诺行星内部压力的陡然释放，带来沸点的下降，而温度此时并没有下降。内部温度超过了沸点，直接导致幔层由外向里气化，直到核层，再由核层直到核心。气态物质，质点与质点的距离增大，让引力成指数倍快速下降。亚诺行星已经无法紧紧地团结在一起，所有物质都在向外逃逸。

亚诺行星的直径不断变大，很快就吞噬了20千米高空的磁透镜阵列，接着又膨胀到150千米高度的近地轨道，吞噬掉了电子枪头阵列。

沐重连忙将迹语号穿梭机从近地轨道快速撤离。一到达3.6万千米高度的同步轨道上，他便发现离晴的径犹号穿梭机也撤离到这儿，就在不远处，似乎并未发现他们的到来。

亚诺行星呈几何级数地膨胀，已是一只直径1.3万千米的淡红色大球体，表面是稠密的气体层，内核是沸腾的液态铁镍。

淡红色大球体猛然地炸开，球面扑面而来，就像核弹爆炸时产生的冲击波，让沐重的迹语号穿梭机震颤起来，舱内的灯光突然熄灭，继而又时明时暗。等舱内稳定下来时，亚诺行星就像昙花一现的焰火，再也没有了踪迹。

沐重最不愿意看到的一幕还是发生了。离晴还是找到了超级能量，成功地毁灭了亚诺行星。夏当行星现在安全了，离晴会带着绮照前往那儿。

在来的路上，沐重接通了魔方系统，下达了销毁指令，魔方系统成功地删除了自己。沐重心里曾经充满期待，离晴将无法使用超级能量，一定会投奔太空岛。

没有想到的是，离晴似乎预料到他会有这一手，将超级能量

时刻带在身边，牢牢地掌控着。沐重根本就没有机会夺取超级能量，只能眼睁睁地观看了一场盛大的焰火晚会。

一架小型穿梭机脱离径犹号，向沐重驶来。两架穿梭机完成对接后，迪奥和胜影飘了进来。随后，这架小型穿梭机回到了径犹号身边。

"你怎么来了？"

宇归打心眼里不想再见到迪奥。

"不要介意，我一直很尊重你。为了能到太空岛，有得罪你的地方，请你谅解。"

迪奥飘到宇归跟前，微笑着拥抱他，在他耳边低语。宇归的表情里露出了欣慰。看来，迪奥再一次成为他的神父。

"你怎么也来太空岛了？"

沐重警惕地看着胜影。有谁会愿意和一个腰间佩带古刀的人，同处在一个封闭的舱室里呢。

"离晴不想让我去夏当行星。"

胜影显得无可奈何。

"你不是有古刀么？"

"我也不能杀了离晴，那样就没人驾驶穿梭机了。"

没有离晴，径犹号穿梭机就无法到达夏当行星，也无法到达太空岛，只能在太空里漫游，直到燃料耗尽。

沐重对胜影的回答感到更加毛骨悚然。他的意思，到了太空岛，就可以滥杀无辜了么？如果是这样，大家迟早要听命于他，否则性命难保。沐重心里想着，不知道胜影有没有'睡眠'，如果有，

第十章 毁灭

那真是一个威胁。

"他不是答应你,一起去夏当行星。怎么又反悔了?"

胜影不想回答沐重的这个问题。离晴欺骗了他,利用他。将克特里人装上径犹号穿梭机后,离晴就一直想着如何抛弃他。

他没有料到,离晴当了联盟主席,掌握魔方系统后,变成了另一个人,考虑问题要深远得多。胜影是9990名克特里人的领袖,到了夏当行星后,他仍会是他们的领袖,他们会听命于他。这个时候,离晴一无所有,不太可能会成为他们的领导,甚至还有可能听命于胜影,说不定绮照也得拱手相让。离晴一定是对他有所忌惮了。

"迪奥,我们赶紧吃药吧,老是这样飘着,不是个事。"

径犹号穿梭机装备了重力系统,胜影和迪奥没感觉到不适。登上小型穿梭机,失重状态立即显现。迹语号穿梭机没有装备重力系统,胜影自然也是失重状态,时间一长,便会感觉不适。

"这要感谢离晴,他给了我们'睡眠'。"

胜影从口袋里掏出了黄色药丸,送到口里服下。

沐重心里咯噔一下,立即感受到离晴的不怀好意:他分明是送来了一把刀子,想要借胜影的手除掉自己。

看着胜影即将入睡,沐重最后问道:

"你愿意到太空岛么?"

"不愿意。离晴让我去乘客舱见见我的族人,我不以为意,还当作他的好意。结果一出主控舱,就被困在了过道里。我进退不得,只能答应前往太空岛。"

胜影看了一眼沐重,发现他看着迪奥,便用嘲讽的语气说道:

"他想来太空岛。绮照为了他,和离晴达成了交易,允诺陪着离晴前往夏当。"

沐重听到这话,心里一阵痛苦,狠狠地盯了胜影一眼。胜影微微一笑,闭上了眼睛。过一会儿,又睁开了眼睛。

"我有一个秘密,等我醒来告诉你们。"

胜影说完这句话,便睡着了。

"亲爱的朋友们!"

迹语号穿梭机舱室里响起了提示。这是离晴的声音。

"我和绮照即将前往夏当行星。祝你们在太空岛过得愉快!再见!"

沐重看到窗外径犹号穿梭机渐渐变小,逐渐消失在黑暗中。

现在没有了魔方系统,太空穿梭机是独立自由的。沐重想驾驶着映旗号穿梭机,独自尾随着离晴,前往夏当行星。他想从离晴手上夺回绮照。他还想找到父亲戴夫,完成妈妈寒凝的心愿。

昌盛津拦住了他。机器人驾驶员没有跟随大家一起过来,它需要照管太空岛上的辞孤等"蠕虫"。它口里有蓝色药丸"清醒"。沐重要去的夏当行星,那是有重力的环境,必须服用"清醒",将身体调整回来,否则就会有生命之虞。

回到太空岛后,带上蓝色药丸,立即前往夏当行星。一定要找到绮照,一定要找到戴夫,沐重心里暗暗发誓。

离晴给的"睡眠",比起20年前昌盛津的,要好多了。胜影和迪奥,只睡了15分钟。

第十章 毁灭

胜影一睁开眼,就趴在舷窗往外看,正好看到径犹号穿梭机最后一点身影。

"他终于走了。"

胜影嘿嘿地笑了起来。沐重看着他的笑脸,心里感到一阵阵恐惧。他睡前说的"我有一个秘密",让沐重迟迟不决,一直没有动手杀了他。真没想到,他会醒得这么快。现在再想动手,已经晚了。

"你究竟有什么样的秘密?"

"他留下了一个箱子,快一点,我们把它取回来。"

胜影没有理睬沐重的问题,反而催促他。

"你必须跟我一起去。快!快!我们开着它去。"

胜影指着舷窗外不远处的映旗号穿梭机。

沐重迟疑了一下,还是将映旗号穿梭机召唤过来,与迹语号穿梭机对接。他俩一起走进了映旗号穿梭机。胜影让沐重驾驶它,自己则在一旁指示方向。

"那儿有一个箱子,和这架太空穿梭机差不多大。"

"装着什么?"

"液态氘和氚。"

"这有什么用?"

"岛上的反应堆需要用。"

"没有超级能量,反应堆点不了火。"

"这就是超级能量。谁说反应堆点火,需要超级能量?"

面对胜影的反问,沐重这才明白,薇欧拉的说法根本不对。沐重心里一阵阵窃喜,只要反应堆能工作,太空岛就有重力了。

它终于可以完美了。

"这就是你的秘密?"

"是的。"

沐重暗自庆幸,没有杀掉胜影,看来是对的。

为了顺利实施太空岛移民方案,雷萨当初一共打造了3架太空穿梭机。

映旗号穿梭机是8座的小型太空穿梭机。原本是雷萨的专机。作为最后一班单程航班,雷萨将带着薇欧拉、流雄,可能还有寒凝和沐重,前往太空岛。谁知道,沉睡20年后,它载着宇归和沐重前往太空岛。

迹语号穿梭机设计的载客量为30人,原本是用来打头站的。先派30名技术人员登上太空岛,做好接应大部队的所有准备工作。联盟崩溃时,为了化解薇欧拉和流雄面临的危局,临时被调往航天发射秘密基地,用来运送薇欧拉等人前往太空岛。

径犹号穿梭机是巨型太空穿梭机,载客量为1万人,用来运输联盟核心管治团队的成员以及他们的亲朋好友。在开完联盟主席扩大会议后,雷萨真没想到,联盟会崩溃得这么快,以至于根本来不及启用径犹号穿梭机。联盟核心管治团队的成员,纷纷被愤怒的亚诺普通公民捕杀,不可能召集起来,乘坐径犹号穿梭机逃往太空岛。

径犹号穿梭机是个庞然大物。德米背叛联盟后,它也不可能从克特里洲,不远千里,长途奔袭,飞到德拉伊洲实施太空岛移民方案。一旦出现在天空,它很容易被亚诺的普通公民发现,那

第十章 毁灭

等于火上浇油，会带来不可想象的麻烦，加重局势的恶化。

宇归虽然对这三架穿梭机有所了解，但是他并不知道存放它们的确切位置，更不知道径犹号穿梭机还携带有一箱核燃料。如果不是雷萨要求他去航天发射秘密基地接应薇欧拉和流雄，他照样也不会知道映旗号穿梭机的位置。如果早知道径犹号穿梭机上有一箱核燃料，宇归肯定会在联盟主席会议上提议，让大家立即移民太空岛。那样的话，说不定德米也不会背叛联盟，说不定联盟核心管治团队成员及其亲朋好友，已在太空岛上过着幸福安详的生活。

种种的阴差阳错，让径犹号穿梭机一直沉睡在克特里洲的深山老林里，一直等到了这片土地的主人——克特里人。现在，它被一个特梅尔人的孤儿驾驶着，运送9990名克特里人，前往夏当行星。

这3架太空穿梭机都没有按照雷萨的意志派上用场。同样，离晴的指令，胜影也没有不折不扣地执行。他从克特里洲出发，乘坐径犹号穿梭机飞往泊鹭群山，在那儿待了足足2个月。说是装载克特里人耽误了时间，其实是胜影在详细了解径犹号穿梭机的功能与构造。

让他印象深刻的是，这架穿梭机居然携带有聚变反应堆的核燃料——10吨重的液态氘和氚。液态氘和氚封装在一个高强度合金钢制成的长方形箱子里。这个燃料箱镶嵌在径犹号穿梭机的中腹部。

当胜影不得不按照离晴的指令，在封闭的过道一步一步走向小型太空穿梭机时，正好从燃料箱的上方经过。在那儿，他灵光

乍现，俯下身来，娴熟地拨动了墙角处的装卸阀，让燃料箱与径犹号穿梭机脱钩。

在失重的太空中，两者速度一样，不会发生分离。当径犹号穿梭机突然加速，奔向夏当行星时，燃料箱自然被留在了身后。

"注意，注意。保持速度，保持速度。"

胜影提醒着沐重小心驾驶。很快，映旗号穿梭机就和燃料箱保持着相同的速度，两者之间紧紧地挨着，间隙非常小。

胜影穿上了宇航服，将祖传的古刀挂在宇航服的腰间。他从映旗号穿梭机里爬了出来，飞身一跃，跳上了燃料箱。

迹语号穿梭机及时跟了过来，从机腹里飘下一根钢索。胜影伸手接过，将它缠绕在燃料箱的一角挂钩上。在进行第四根作业时，映旗号穿梭机擦碰了燃料箱，引起它快速地翻转。

胜影在慌乱之中，下意识地抓着钢索。没有料到，随着燃料箱的翻转，他的左手腕不幸被钢索越缠越紧，无法挣脱。

迹语号穿梭机舱门打开，森海穿着宇航服跳下，来到胜影身边。他取下胜影腰间的古刀，猛地一挥，斩断他左手腕的同时，古刀也脱手飞了出去。

森海顾不得古刀，迅速地掏出一罐药水，不停地按压按钮。药罐喷嘴里喷出的雾水，落在胜影的断腕之处，很快形成一层厚厚的凝胶，封住了伤口，也封住了宇航服的破口。随即，森海单手搂抱着痛晕过去的胜影，被昌盛津拉上了迹语号穿梭机。

"情况如何？"

沐重一走进迹语号穿梭机，便问大家。

第十章 毁灭

"他还没醒。"

森海看了看胜影,又查看了他的伤口。

"应该没有事,就是少了一只手。"

昌盛津以为沐重心怀愧疚,连忙宽慰道。

"没有了古刀,没有了左手,他不会再杀人了吧。"

沐重想起胜影将古刀架在他脖子上的情景,又想起辰中被他飞出的古刀割喉的情景,内心里感到的不是愧疚,而是轻松。

径犹号穿梭机牵引着装有液态氘和氚的燃料箱,身后跟着映旗号穿梭机,向着太空岛飞去。

这是宝贵的氘和氚。核聚变反应堆需要大量的核燃料——氘和氚。从海水里提取氘和氚,相当费时费力。如果当年联盟没有崩溃,也至少需要12年的时间才能完成核燃料的生产。所幸的是,联盟崩溃之前,魔方系统建好了径犹号穿梭机,也生产了这箱燃料。这是唯一的核燃料。雷萨消失后,魔方系统再也没有生产过氘和氚。

这是强大的氘和氚。虽然只占整个专属核燃料储藏库的10%,但是它能让太空岛的核聚变反应堆运转起来,能让太空岛完美起来。能让这种完美——有重力环境——维系1000年。

这是救命的氘和氚。岛上所有人都可以慢慢恢复健康,从蠕虫变成直立的人。所有人都可以健康地活到寿终正寝。

这是重生的氘和氚。从此,亚诺文明不会毁灭,还会继续发扬。太空岛会将亚诺文明移植到夏当行星上,开创新的纪元。

流雄看着越来越近的太空岛,不禁自言自语喊道:

"太空岛将是夏当行星的天庭。我们将是夏当人的上帝。"

（完）